パワハラ聖女の幼馴染みと
絶縁したら、
何もかもが上手く
いくようになって
最強の冒険者
になった
～ついでに優しくて
可愛い嫁もたくさん出来た～
くさもち
Illust.
マッパニナッタ

ダッシュエックス文庫

パワハラ聖女の幼馴染みと絶縁したら、何もかもが上手くいくようになって最強の冒険者になった

～ついでに優しくて可愛い嫁もたくさん出来た～

くさもち

1章　パワハラ聖女と絶縁してやった

「あーもう!?　あんたって本当にグズでノロマよね!?　一体どれだけあたしの足を引っ張れば気が済むのよ!?」

宿に着いて早々、ベッド脇からそう俺を叱責するのは、幼馴染みで彼女のエルマだった。

エルマは〝聖剣〟に選ばれ、〝聖女〟としての才覚を見出された美女で、俺は専属の荷物番として彼女とパーティーを組んでいる。

いや、〝組ませてもらっている〟というのが正しいのだろう。

この世界では生まれた瞬間——女神さまから〝スキル〟を授かる。

〝スキル〟は人生を左右する才能のようなもので、いずれ聖女となるエルマのスキルは《剣聖》。

低位から最高位までの全ての剣技を修められるレアスキル——そう、彼女は生まれた時から才能に溢れていたのだ。

そんな彼女に対して、俺に与えられたスキルは《身代わり》。

誰かの代わりにダメージを負うだけのスキルだった。

正直、なんの役にも立たないスキルだ。

だが村の希望たるエルマを守るには十分だった。

万が一彼女に何かがあったとしても、すぐさま俺が身代わりになれるからだ。

だから村の人たちは常に俺を彼女の側へと置いた。

両親も村の希望のために貢献できると、息子が傷つくのも構わず喜んだ。

そうして幼い頃から俺たちはともに修練に励んだ。

と言っても、修練中にエルマが受けた傷を、ただ俺が代わりに受け続けるだけなのだが。

でもおかげでエルマの成長は著しかった。

当然だろう。

だってどんなに激しい修練をしても、当のエルマは一切傷つかず、ただ技量が上がっていくだけなのだから。

そしてエルマも、それが当たり前のことだと思っていたに違いない。

だからこんなにもわがままな性格になってしまったんだと思う。

「……仕方ないだろ。俺は君のように強くはないんだ。さっきだって荷物を守るので精一杯だったんだよ」

「ええ、そうでしょうね！　あんたって昔から本当に使えなかったもの！　そのくせ彼氏面だけはいっちょまえにしてさ！　あームカつく！」

「別に俺は彼氏面なんて……」

大方、聖女を守る騎士のような美談を作りたかったのだろう。

建前上、俺はエルマの〝恋人〟ということになっている。

しかも俺がエルマに惚れて、彼女を守るために村を飛び出してきたのだとか。

エルマは世間体をやたらと気にする性格だからな。

そういうドラマチックな展開で人気を集めようとしていたのだろうさ。

事実、エルマの人気は大したものだった。

さっきの美談を含め、外見の美しさもさることながら剣の腕も一流で、誰に対しても分け隔てなく接する優しい性格とくれば、そりゃもう大人気である。

だから本性を見せるのは、こうして二人きりになれる時だけであった。

聖女というのも大概ストレスが溜まるものなんだろうな。

わがままなのは昔からだが、ここ最近はとくに酷く当たるようになっていた。

「大体、そういうイジイジしたところもムカつくのよ！　言いたいことがあるならはっきり言いなさいよ！　男のくせに！」

「……」

言いたいことは、正直山ほどある。

けれど、エルマは〝聖女〟だ。

聖女は人々の希望。

彼女がいなければ、この世界は魔物どもに蹂躙されてしまう。

だから俺は何も言わない。

だって俺が我慢すれば、それだけで皆が喜んでくれるのだから。

「てか、いつまであたしの部屋にいるわけ!?　この宿、部屋が一つしか空いてないんだから、あんたはさっさとどっかで野宿でもしてきなさいよ！　この役立たず！」

そう――今までは思っていた。

「――わかった。なら君とはここまでだ。あとは好きにやってくれ」

「……はっ？　えっ？」

一瞬何を言われているのかわからなかったのだろう。

エルマが呆けたように両目をぱちくりさせる。

だから俺はもう一度わかりやすいように言ってやった。

「君とのパーティーはここで終わりだって言ったんだ。俺は役立たずなんだろ？　だったら別の役に立つ彼氏でも見つけてくれ。君のお守(も)りはもうたくさんだ」

「は、はあ!? なんであんたにそんなことを言われなくちゃいけないのよ!? むしろお守りをしてあげていたのはあたしの方でしょ!? あたしがいなくちゃ何もできない出来損(できそこ)ないのくせに!?」

「そうだな。だから今までありがとう。荷物は全部君にあげるから持っていってくれ。まあほとんど君の私物なんだけどな」

そう言って、俺はエルマに背を向け始める。

すると、エルマは信じられないといった表情で、ことさら声を荒らげてきた。

「え、あんた本気で言ってるわけ!? あたしは〝聖女〟なのよ!? そのあたしにこんなことをしてただで済むとでも思ってるの!? ねえ!?」

「じゃあな。せいぜいいいやつに出会えることを祈ってるよ」

最後に俺がそう告げてから扉を閉めると、直後に「ふざ、けんなぁ!」と枕でも投げつけたのであろう衝撃音が響く。

そうして宿をあとにした俺は、夕焼け映(は)える街道を一人歩きながら、ぐいっと背筋(せすじ)を伸ばす。

これでわがままな彼女……いや、〝元〟彼女の面倒(めんどう)を見なくて済むと清々(せいせい)するな。

まあ問題はこれからどうするかだけど、それは追い追い考えていけばいいだろう。

「さてと」

そこで俺は自身の〝ステータス〟を表示させる。

〝ステータス〟というのは、スキルと同じく生まれながらに与えられる能力値(ち)の視覚化で、そこには〝攻撃力〟や〝防御力(ぼうぎょ)〟など、基礎的な能力値のほか、スキルの詳細(しょうさい)な情報などが書かれているのだが、

『スキル――《不死身》:死を含め、受けた傷を瞬時に回復する』


というように、俺のスキルは〝身代わり〟から〝不死身〟へと変化していたのだった。

恐らくは今まで何度もエルマの傷を代わりに受けては回復するのを繰り返したことで、スキルが進化したのだろう。

だから俺はエルマに別れを切り出したのだ。

これからの俺はただの出来損ないではない。


――俺の名はイグザ。

なんでもできる〝不死身の男〟なのだから。

2章　圧倒的解放感

エルマに絶縁宣言をしてから二日後。

俺は港町ハーゲイのギルドでクエストを受注しようとしていた。

今までは聖女特権で人々からの施しがあったが、これからは自分で全てを賄っていかなければならないのだ。

一から物事を始めるのは大変だろうが、しかしこの圧倒的解放感の前では何もかもが些細なことに思えてならなかった。

飲み物を持ってくるのが遅いと怒鳴られることも、料理が不味いと皿を投げつけられることもないのだ。

自由とはなんと素晴らしいのだろうか。

にんまりと清々しい気持ちで、俺はクエスト依頼の貼られた掲示板の前に立っていた。

と。

「──ふふ、何かいいことでもあったのですか？」

ふいに受付の側にいた女性に声をかけられる。

笑顔の可愛らしい柔和な感じの女性だ。

年齢は先日二十一歳になったばかりの俺よりも少し上くらいだろうか。

ちなみに、エルマは俺の一つ下なので二十歳だったりする。

「あ、いえ、なんか自然と楽しい気分になってしまいまして……」

あはは、と照れ笑いを浮かべる俺に、女性もまた微笑んで言った。

「そうでしたか。私はクエストを担当しております、リサと申します。こちらへはクエストの受注に？」

「はい。俺はイグザっていいます。何かおすすめのクエストはありますか？　多少難しくてもなんとかなると思いますので」

何せ、俺は〝不死身〟である。

回復速度もほぼ一瞬で全再生みたいな感じなので、意外と無茶ができるのだ。

「そうですね、でしたらこちらの《リザードの鱗》収集クエスト〟などはいかがでしょうか？　近くに飛竜の巣があるので多少の危険性はありますが、きちんとパーティーを組んで行けば十分達成できるクエストだと思いますので」

「わかりました。じゃあそれでお願いします」

「かしこまりました」

にこり、と柔らかい笑みで頷いた後、リサさんがクエストの手続きをしてくれる。

以前はエルマに急かされながら受注をしていたので、手続きの様子を気に留める余裕もなかったのだが、今はとても穏やかな気持ちでそれを眺めることができていた。

字が綺麗だなぁとか思っているうちに、手続きが終了する。

「ではこちらをどうぞ。達成条件は〝《リザードの鱗》を20匹分納品〟ですので」

「わかりました。じゃあちょっと行ってきますね」

「はい。お気をつけて」

笑顔のリサさんに見送られながらギルドをあとにした俺は、そのまま一直線にリザードがよく出没するという山岳地帯へと向かう。

リサさんにはパーティーを組んだ方がいいと言われたが、まあ俺は死なないし、一人で受ければそれだけ多くのお金がもらえるからな。

とりあえずできるところまでは頑張ってみようと思う。

ところで、俺のスキルは受けた傷を瞬時に回復するというものなのだが、それはスタミナにも適用されるらしく、いくら走ってもまったく疲れなかったりする。

しかも成長は阻害されないらしいので、走れば走るほどに脚力が上がり、俺は風のような速さで山道を駆け上がっていた。

「さてと、確かここら辺にいるはずなんだけど……」

きょろきょろと辺りを見渡し、目的のリザードを探す。

〝リザード〟は爬虫類型の魔物で、毒を持つため食用には向かないが、強固な鱗が武具類の材料になる上、それらが割と安価で手に入るため、駆け出しの冒険者たちには重宝されていたりするのである。

まあ俺は駆け出しではないのだが、「なんであんたのためにわざわざ高い装備を揃えてあげないといけないのよ?」というエルマの意向により、未だに年季の入ったリザード装備だったりする。

武器代わりになっている短剣も、実家から持ってきた使い古しのやつだ。

「お、いたいた」

ともあれ、早速獲物を発見する。

全長二メートルほどのリザードがのしのしと歩いていた。

なので俺は短剣片手にそっと背後からやつに近づく。

そして今だとばかりに飛びかかろうとしたのだが、

「――グオオオオオオオオオオオオオオオオオオオオオオオオオオッッ!!」

「……えっ？」

――ばくっ！

その瞬間、さらに背後から飛んできた〝何か〟に、頭からかぶりつかれてしまったのだった。

◇

「……え、あれ？」

一瞬何が起こったのかわからなかった。

だがこのあきらかに胃の中っぽい状況を鑑みるに、どうやら俺は食べられてしまったのだろう。

その割に意外と冷静なのは、あまりにも状況が突拍子もなかったからに違いない。

そういえば、近くに〝飛竜の巣〟があるとか言ってたな……。

なら俺を食ったのはそこの主か……。

まあ飛竜なら大きさ的に食われてもおかしくはないと思うんだけど、でもまさかいきなり食われるとは……。

　ちなみに、〝飛竜〟というのは文字通り翼を持つ竜種型の魔物のことで、大きさにもよるのだが、これの討伐となると聖女であるエルマでも些か手を焼くレベルだったりする。

「てか、臭っ⁉」

　ともあれ、俺は鼻を摘まみ、悪臭に顔を顰める。

　そりゃ胃の中なのだから臭いのは当然だろう。

　しかしいくら死なないとはいえ、こんなところにいつまでもいたら臭さで精神的に死んでしまう。

　というわけで、俺は脱出を試みることにした。

「この！」

　ずどっ！　と短剣を胃壁に突き立て、力の限りにこれを裂く。

「ギギャアアアアアアアアアアアアアアアアアアアッ⁉」

「うおおっ⁉」

　すると、急激な浮遊感が俺を襲い、俺たちはぐるぐると回転しながら落下していった。

　――ずずんっ！

「おぶっふ!?」

そうして地上へと帰還した俺は、さらに短剣で胃壁を斬り進め、やっとの思いで脱出に成功する。

「あ〜、死ぬかと思った〜……って、えっ？」

が、そこで見たのは、多種多様な武器を手に、驚いたような顔をしている冒険者たちや、恐らくは住民であろう人々の姿だった。

どうやらどこかの町中へと落下してしまったらしい。

やべえ……、と俺が冷や汗をかいていると、ふいに見覚えのある女性と目が合った。

「あ、あなたは……っ!?」

そう、港町ハーゲイのギルドでクエスト受注の手続きをしてくれたお姉さんことリサさんである。

つまりここはハーゲイということだ。

とりあえず戻ってこられたようで何よりだが、問題はこの状況……というよりは、町の修繕費の方である。

見た感じ、結構ド派手に通りを抉ってしまってるんだけど……俺、そんなお金ない……。

「あ、あの〜……」

「は、はい？」

唖然としているリサさんに、俺は腰の低い感じで尋ねた。

「リザードのクエストなんですけど、これで納品ってことにはなりませんよね……？　なんか似たような感じですし……」

「え、ええ……」

当然、リサさんはなんと答えていいかわからず困惑しているようだった。

ちなみに、翌日以降から俺は〝ドラゴンスレイヤー〟と呼ばれて恐れられるようになった。

そして修繕費を差し引いてもあまりあるほどのお金をもらった。

なので短剣もちょっといいものに変えた。

リサさんもかっこいいと言ってくれて、とても嬉しかった。

3章 温泉でまったり癒されたい

ドラゴン事件から数日後。

すっかりドラゴンスレイヤー呼ばわりされていた俺は一人、港町ハーゲイを離れ、船で南の火山島を目指していた。

リサさんも優しいので、本当はもう少しあの町に留(とど)まっていたかったのだが、ついに見知らぬ旅人にまで「よう、ドラゴンスレイヤー！　ひとっ狩りに行こうぜ！」と言われ、これはいかんと旅立ちを決意したのである。

何せ、エルマはこういういかにもな肩書きに弱いからな。

話を聞けば十中八九、自分の利益のために噂(うわさ)のドラゴンスレイヤーをパーティーに加えようとしてくることだろう。

幼馴染(おさななじ)みの俺が言うのだ。間違いない。

というわけで、リサさんと離れるのは非常に残念だったものの、俺は涙を呑(の)んで町を離れることにしたのである。

その際、どこかゆっくりできる場所はないかと尋ねたところ、火山島の温泉地を紹介されたので、じゃあそこに行ってみようかなということになったわけだ。

「しかし海ってこんなにも綺麗だったんだなぁ……」

どこまでも続く青い海原を眺めつつ、俺はそう独りごちる。

前にエルマと船に乗った時は、退屈だと駄々をこねる彼女の面倒を見るので精一杯だったからな。

静かだというだけで癒やされる思いだ。

「あ、お母さん見てください！　あそこに一角獣の群れがいます！」

「あら、本当。よかったわね」

「はい！」

見知らぬ親子のやりとりも実に微笑ましい限りである。

というか、あの人お母さんだったのか。

てっきりお姉さんだとばかり思っていたのだが、最近のお母さんは若いなぁ……。

◇

そんなこんなで目的の火山島――〝マルグリド〟へと到着した俺は、温泉でまったり癒やさ

れようとしていたのだが、

「――申し訳ございません。現在、火口付近に〝アダマンティア〟が住み着いておりまして、念のため立ち入りを禁止しているんです」

「あ、そうなんですね……」

といったわけで、まさかの封鎖中であった。

なお、〝アダマンティア〟というのは、やたらと硬い緋色の甲羅を持つ巨大亀型の魔物で、性格は温厚だが、物理攻撃がほとんど効かないというやっかいな相手である。

一説によれば、その甲羅は伝説の金属――〝ヒヒイロカネ〟の原料になるとかならないとかで、確かエルマの持つ聖剣も、古の賢者たちがヒヒイロカネを加工して作ったという話を聞いたことがあるのだが、現在ではそれを生成できる者はいないらしい。

そんなやべえやつが近くに住み着いてしまったのだから、そりゃ温泉も諦めろって話にもなるよな……。

まあ仕方あるまい。

楽しみは温泉だけじゃないし、代わりに何か美味しいものでも食べようかと考えていると、先ほど船の上で会った親子の会話が耳に飛び込んできた。

「ごめんなさい……。せっかくお母さんに温泉を楽しんでもらいたかったのに……」

「ふふ、いいのよ。その気持ちだけで十分嬉しいから」

なでなでと十代半ばくらいの娘さんがお母さんに慰められている。

きっと今まで一生懸命お金を貯めて、今回の旅行をプレゼントしてあげたのだろう。

それが台無しになってしまったのだ。

拭っても拭っても溢れ出てくる涙で、娘さんは顔をぐしゃぐしゃにしていた。

「……」

そういえば、俺――〝竜殺し〟だったな。

なら伝説のヒヒイロカネだかなんだか知らないけど、たかが巨大亀一匹くらいで怯んでる場合じゃないか。

「――大丈夫だよ」

「えっ……？」

だから俺はにっと微笑みを浮かべ、彼女にこう言ってあげたのだった。

「そのでっかい亀は、お兄ちゃんがなんとかしてくるからさ」

　とは言ったものの、

「いや、亀でかすぎだろ……」

　俺は件(くだん)のアダマンティアを前に呆然(ぼうぜん)と佇(たたず)んでいた。

　あきらかに先日俺を食った飛竜(ひりゅう)よりもでかいのだが、果たしてこれはなんとかなるレベルなのだろうか……。

　しかしこいつをなんとかしないとあの子がとても悲しんでしまう。

　なので是(ぜ)が非(ひ)でもなんとかしたいわけだが……。

「おりゃあ！」

　――ばきんっ！

「ほげーっ!?」

　おニューの短剣が早々に折れてしまっていた。

　ちょ、リサさんが〝かっこいい〟と言ってくれたお気にの短剣がーっ!?　とショックを受けながらも、俺は宝石のような光沢を放つやつの甲羅を見やる。

しかしさすがは伝説の金属の原料とまで言われている甲羅だ。

なんという硬さであろうか。

〝物理無効〟もがっつり作用しているみたいだし、外からの攻撃ではこいつを動かすのはほぼ不可能だろう。

「くっ、仕方がない。こうなったらやっぱり食われるしかないか……」

鼻がひん曲がりそうになるのであまりやりたくはないのだが、あの子の笑顔のためだ。

よし、と覚悟を決め、俺はアダマンティアの前方へと回る。

そして甲羅の中に潜めていたやつの顔に、折れた短剣の柄でごんごんとちょっかいを出してやった。

すると。

「――キギャアアアアアアアアアアアアアアアアアアアアアアアアアッッ!!」

「うおっ!?」

――どがんっ!

怒ったアダマンティアが首を伸ばし、強烈な頭突きをかましてきたではないか。

間一髪のところで躱しはしたものの、頭突きの威力は凄まじく、そこら辺にあった大岩が粉々に砕け散っていた。

もしあれをまともに食らっていたのなら、今頃は俺の身体もばらばらになっていたことだろう。

まあたとえばらばらになったとしても即座に元に戻るんだけどな。

ともあれ、その時だ。


——ぶしゃあああああああああああああああああああっ！


「！」

突如割れた大岩の隙間から、水……いや、〝お湯〟が噴き出してきたではないか。

そう——〝源泉〟だ。

「あちちちちちちちちーっ!?」

俺が降り注ぐ熱湯に一人身悶えしていると、それをまともに浴びていたアダマンティアもまた嫌がるように身を捩り始める。

やつ自身は高い《火耐性》と《水耐性》があるのだが、絶えず顔にかかるお湯があまり好きではなかったらしい。

なんとか逃れようと重い身体で方向転換しようとするアダマンティアだったが、激しく動くその重量を足元の地表が支えきれなかったようで、ずずんっと岩肌が崩れていく。

「キギャアアアアアアアアアアアアアアアアアアアアアアアッ!?」

「おっとっと!?」

そうして落石のように岩肌を滑っていったアダマンティアは、そのまま崖から海へと転落してしまったのだった。

「おお、意外となんとかなるもんだな……」

海に沈んでいくアダマンティアの様子に、俺はほっと胸を撫で下ろす。

当初の予定とは大分異なるが、とりあえず結果オーライである。

これで温泉の封鎖も解けることだろう。

ちゃんと約束を守れてよかった。

「あの子、喜んでくれたらいいな」

そう顔を綻ばせつつ、俺は未だ噴き出ている源泉の作る虹の中、麓の町へと向けて歩みを進めていったのだった。

イグザが去って数日後のこと。

「なんなのよ!?　なんなのよ!?　なんなのよ!?」

がんっ！　がんっ！　がんっ！　と木に何度も蹴りを入れ、あたしは憤りを露にしていた。

「あたしは聖女なのよ!?　なのに！　あたしの！　お守りは！　たくさん！　ですって!?　ただの腰巾着のくせに！　どの口で！　ほざいてるのよ！」

ふざけんなっ！　と最後に思いきり怒りをぶつける。

「はあ、はあ……」

それで少しだけ気の晴れたあたしは、肩で息をし、呼吸を整える。

イグザがいなくなったせいで荷物を運ぶのもままならなくなったあたしは、あれから一人で隣町のギルドまで赴き、即席の荷物持ちを雇った。

何故聖女のあたしがわざわざそんなことをしなければならないのかと心底腹が立ったが、雇わなければ旅は続けられない。

だから本当に仕方なく雇った。

――が、問題はそこからだった。

荷物の管理は全てイグザに任せっきりだったので、何がどこにあるのかがまったくわからなかったのである。

まさか聖女であるあたしが何も答えられないなんて、そんなみっともない真似ができるはずもない。

だってあたしは皆の憧れる聖女。

可憐で、優雅で、理知的でなければならないのだから。

だからあたしは荷物の中身を一から全部調べ直した。

そしたらどうだ。

今度は出した荷物が入らないではないか。

もうイライラしてたまらない。

けれど、それをぶつける相手もいない。

おかげであたしは、ここ数日ずっとこのように暇を見つけては人目を憚りつつ、何かに怒りをぶつけ続けていたのだった。

「イグザのくせに……っ」

ぎりっと唇を噛み締める。

あたしがいないと何もできない無能のくせに！

あたしのおかげで今までいい思いができたくせに！

なのにその恩を仇で返すなんて絶対に許せない！

必ず見つけ出して謝らせてやる！

泣いて土下座させてやるんだから！

そのためにはあたしがどれだけ偉大で、仕えていたことが光栄だったかを思い知らせてやるしかないわ！

待ってなさい、馬鹿イグザ！　と、あたしが拳を握り締めていた——その時だ。

「——あ、こちらにいらしたのですね！　急にいなくなられたから心配しましたよ～……はふぅ～」

ギルドで雇った荷物持ちの男性が、息を切らせながら近づいてきた。

年齢はたぶん20代半ばから後半くらいだろう。

低身長かつ少々太り気味なのが気になるが、まあ即席ゆえに仕方あるまい。

「ええ、ごめんなさい。この辺りで少し魔物の気配がしたものですから」

ともあれ、あたしはにこりと聖女らしく慈愛に満ちた微笑みで彼に笑いかける。

「そうでしたか。さすがは聖女さまです」

当然のことだが、男性はあたしの美貌に見惚れているようだった。

「いえ、皆さまのお力になれることが何よりの喜びですから」

「聖女さま……」

再度微笑み、あたしは決意を固める。

とにかく凄いパーティーを作り、イグザにあたしとの格の違いを見せつけてやるのだと。

そしてあたしのもとからいなくなったことを後悔させてやるのだと。

ゆえに、あたしは力強い口調で言ったのだった。

「では参りましょう。――〝ドラゴンスレイヤー〟さまのもとへと」

4章　スキルがさらに進化した！

「ほ、本当にありがとうございました！」

ぺこり、とその小さな頭を下げてくるのは、お母さんに温泉旅行をプレゼントしてあげた優しい少女――ティアちゃんだった。

あれから麓(ふもと)の町に戻る道すがら、町の自警団に遭遇(そうぐう)した俺は、懇切丁寧(こんせつていねい)に事情を説明した。するとら町長さんからめちゃくちゃ感謝されてしまい、ここでの滞在費を全(すべ)て持ってもらえることになったのである。

そんなこんなで温泉をがっつり堪能(たんのう)した俺は、同じく親子揃(そろ)っての旅行を楽しみ、本日帰路に就(つ)く予定のティアちゃんたちに改めてお礼を言われていたのだ。

「別に気にしなくていいよ。それよりこれからもお母さんのことを大切にね」

「はい、もちろんです！　だってわたし、お母さんのことが大好きですから！」

にんまりと満面の笑みを見せてくれるティアちゃんに、俺の顔も思わず綻(ほころ)ぶ。

俺は一人っ子なわけだが、もし妹がいたらきっとこんな感じなんだろうな。

「ティアちゃんは本当に優しくていい子だね」

「あっ……えへへ♪」

俺が微笑みながら頭を撫でてあげると、ティアちゃんは恥ずかしそうに顔を赤くしていた。

「じゃあ気をつけて」

「はい、ありがとうございました！　……あ、あの！」

「うん？」

ティアちゃんが何やら思い詰めたような表情で俺を見上げてくる。

どうしたのかと俺が小首を傾げていると、ティアちゃんは胸元でぐっと両手を握り、こう尋ねてきた。

「ま、またお会いできますか……？」

もちろん俺は大きく頷いて言った。

「うん！　俺もまたティアちゃんに会えるのを楽しみにしているよ！」

「わあ♪　ありがとうございます！」

ぱあっと瞳を輝かせ、ティアちゃんが勢いよく頭を下げてくる。

そんな純真無垢な彼女の姿に、俺の顔からもしばらく微笑みが消えなかったのだった。

◇

ティアちゃんたち親子と別れた後、俺は再び山道を登っていた。

というのも、先日アダマンティアと戦った際、己(おのれ)の力不足を痛感したからである。

あの時はたまたま偶然が重なったからよかったようなものの、毎回あのような奇跡が起こるとは限らない。

いや、むしろ起こらない方が普通なのだ。

なので何か少しでも修練ができるような場所がないかと町長さんに尋ねたところ、火山の途中にあるという神殿を紹介されたのである。

なんでもそこではサブスキルの《火耐性》が得られるといい、よく冒険者たちがそれ目当てに訪れているという。

なお、〝サブスキル〟というのは、メインのスキルほどではないにしろ、自身の能力として確立される技能のことで、たとえば《火耐性》を得ると、文字通り〝火〟や〝熱〟に強くなれるのである。

ただサブスキルのランクはE～Aの五段階あり、初期の〝E〟は習得しやすいものの、効力はそこまで高くはない。

「でもまあないよりはマシだからな。せっかくだし、一応習得だけはしておこう」

そう独(ひと)りごち、山道を登っていた俺の目の前に、やがて神殿の入り口が見えてくる。

どうやら洞窟(どうくつ)状になっているようだ。

「イグザさまですね。町長よりお話は伺(うかが)っております」

「あ、どうも」

入り口にいた巫女装束(みこしょうぞく)の若い女性に連れられ、俺は神殿の中へと入っていく。

火山の一角に造(つく)られたということもあってか、神殿内は進めば進むほど熱気がどんどん増していき、ついにはどろりと流れる溶岩の姿すら見え始めるようになってきた。

「こちらです」

「は、はい……」

正直、暑すぎてすでに帰りたい思いだったが、ここまで来てそれはさすがに恰好(かっこう)が悪い。

というか、巫女さんが普通に涼(すず)しい顔をしているので、男の子としては意地でも我慢(がまん)せねばならなかったのである。

まあ恐らく巫女さんは《火耐性》持ちなんだろうけど、それはそれだ。

「あそこの祭壇で瞑想(めいそう)を行うと、《火耐性》を得られる可能性があると言われております」

「わ、わかりました……」

頭がぼーっとしながらも、俺は巫女さんの言う祭壇へと上がっていく。

祭壇は火口に飛び出すような形で作られており、一歩間違えば火口に真っ逆さまな感じであった。

「よ～し、瞑想するぞ～……」

と。

——つるっ。

「「あっ……」」

そして早速一歩間違えました……。

「ちょっ!? う、うわあああああああああああああああああっ!?」

「い、イグザさまあああああああああああああああっ!?」

巫女さんの慌てる声を背に、俺は火口へと真っ逆さまに落ちてしまったのだった。

◇

……不思議と、熱くはなかった。

むしろどこか心地よささえ感じられるまどろみの中、俺はゆっくりとまぶたを開ける。

すると。

『――よもや人の子が生きて我が前に現れようとはな』


誰かの、声が聞こえた。

男とも女ともとれる不思議な声音だ。

『――よかろう。その勇気と研鑽に敬意を表し、我が力の一端をそなたに与えてやろう』

その瞬間、俺の中で何かが変化したのがわかった。

この感覚は《身代わり》のスキルが《不死身》へと変わった時と同じだ。

そして何故かはわからない。

けれど、俺の中に一つの確信が生まれていた。


――〝今なら飛べる〟と。


『ゆくがよい、人の子よ。我が灼熱の翼を以て、世界の果てまで翔てみせよ』

「！」


――どぱんっ！

刹那、俺はカッと両目を見開き、真紅の炎を纏う一羽の鳥となって溶岩の中から飛び出す。

「……えっ？」

そして再び祭壇の上へと降り立つと、恐らくは泣いていたであろう目の腫れた巫女さんが、驚きの表情で固まっている姿が見えた。

そう、何が起こってそうなったのかはほとんど思い出せないのだが、俺のスキルがまたさらに進化したらしい。


『スキル——《不死鳥》：大いなる火の御使いとなって、死を含め、受けた傷を瞬時に回復し、火属性攻撃を無効化する』


つまりはめちゃくちゃ凄い《火耐性》を習得したということだろう。

よくわからんがとにかくよかった。

それより大分心配をかけてしまったみたいだし、とりあえず巫女さんに生存報告をしないと。

「すみません、今戻りました」

「え、あっ……」

だが巫女さんは事態が呑み込めていないのか、未だに啞然としていた。

まあこの状況だし、仕方あるまい。

　なので俺は彼女を安心させるべく、なるべく優しい声音で言った。

「俺はこのとおり大丈夫ですから、どうぞ安心してください」

「あ、い、いえ……」

　――ちらっ。

「ほら、どこも怪我(けが)していないでしょう？　ですから大丈夫です」

「あ、そ、そうではなくてですね……」

　――ちらっ、ちらっ。

「？」

　何やら歯切れの悪い巫女さんだったが、やがて彼女はどこか恥ずかしそうに頬(ほお)を染めて言った。

「あ、あの、できればお召し物を着ていただけると……」

「お召し物……？　って、うおおっ!?」

　ちょ、俺全裸(ぜんら)じゃねえか!?

　いや、それ先に言ってね!?

　慌てて下腹部を両手で隠しつつ、俺は先ほどから巫女さんがちらちら何を見ていたのかを、その時になってはじめて知るのだった。

　てか、なんで何回も見てたの!?

5章　やっぱり専用装備が欲しい

「それは恐らく〝ヒノカミさま〟でしょうな」

「ヒノカミさま？」

小首を傾げる俺に、町長さんは顎に蓄えられていた髭を撫でながら頷く。

あれから早々に町長さんのお屋敷へと戻ってきた俺たちは、火口で出会った謎の存在について、何か心当たりがないかと彼に尋ねていた。

「ええ。このマルグリドのお山に古くからお住みになられているという火の神さまでして、雄々しき鳥の様相をしていると伺っております」

「火の神さまでヒノカミさま……」

なんか紛らわしいな。

「はい。この世界には我ら人間にスキルをお与えになられる女神さまのほかに、五種類の元素を司る神さま方がいらっしゃると考えられておりまして、そのうちの一つ――〝火〟の神さまが、ここマルグリドのヒノカミさまだというお話です」

「なるほど」

「それで、本当にヒノカミさまからお力を賜られたと……？」

控えめに尋ねてくる町長さんに、俺は「あ、はい。たぶん……」と首肯し、証拠として力を見せようと思ったのだが、

「えっと、万が一このお屋敷が燃えたりしたら怒りますよね……？」

「えっ？　それはまあ……怒りますなぁ」

「ですよね……。じゃあお手数ですがお庭の方に移動ということで……」

「ええ、わかりました」

というわけで、俺たちは念のため庭へと移動する。

なお、俺は未だに巫女さんが持ってきてくれた大きめのタオル一枚だったりするのだが、まあ変に装備を買って炭になられても困るからな。

きちんと実験が済むまでは、こういう燃えても構わないような代物で補っておくに越したことはないだろう。

それはそうと、例の巫女さんも普通に同席しているのだが、神殿の業務はいいのだろうか。

まああんなことがあったあとだし、一時的に閉鎖しているのかもしれないけれど。

「じゃあいきますね。――はあっ！」

――ごうっ！

「「――っ⁉」」

ともあれ、俺が気合いを入れた瞬間、身体中を真紅の炎が包み込み、あの時と同じく火の鳥形態へと変身する。

多少視線が高くなったような気はするが、別段身体のどこかに違和感を覚えるようなことはなかった。

たぶん無意識のうちにそういうものだと認識しているのかもしれないな。

「まさかこんなことが……」

「はい。私も最初見た時は驚きました。この雄々しきお姿――まさに伝承にあるヒノカミさまそのものです」

「うむ……。しかもこうして……あ、触れても構いませぬか？」

「ええ、大丈夫ですよ」

「では……おお、直に触れることができようとは……」

「はい、本当に驚くばかりです」

二人揃って俺の身体に触れてくる。

なんだか少々こそばゆい感じがするが、どうやらこの身体を覆う炎は人に危害を加えるようなものではないらしい。

　それがわかっただけでもよかった。

「じゃあそろそろいいですかね？」

「え、ええ、ありがとうございました」

「ありがとうございました」

　二人が頷いたのを確認した後、俺はごうっと火の鳥化を解く。

　腰のタオルも燃えてはいないみたいなので、装備類を着用しても問題はなさそうだった。

「うーむ、まさか儂が生きているうちに伝説のヒノカミさまにお会いできようとは思いませんでしたぞ」

「いや、まあ実際には〝御使い〟らしいですけどね」

　スキルの欄にもそう書いてあったし。

「でしたらなおのこと、〝あれ〟をあなたにお渡ししなければなりませんな」

「……〝あれ〟？」

　俺が不思議そうな顔をしていると、二人は互いに頷き、「こちらへ」と俺を屋敷内の地下へと案内していく。

　途中で何やら難しそうなギミックをいくつか解除していたのだが、それほど重要な代物がこの先に保管されているのだろうか。

と、そんなことを考えつつ、薄暗い階段を下っていくと、やがてほのかに輝きを放つ地底湖のような場所へと辿り着いた。

「あれをご覧ください」

「おお……」

町長さんが指し示す先に浮かんでいたのは、地底湖の水を使った球体状の封印が施されている赤い何かだった。

「――〝フェニックスローブ〟。かつてヒノカミさまの御使いが着ていたと言われている伝説の装束です」

「伝説の、フェニックスローブ……っ!?」

何それ、めちゃくちゃかっこいいじゃないか。

「まさかこれを俺に……?」

「はい。ただしあの封印をあなたさまが解けたらのお話ですが」

「なるほど。つまり御使いとしての資質を見せろということですね？」

「ええ、そうなります」

頷く町長さんに背を向け、俺はとりあえず封印に近づいてみる。

よく見ると、確かに中には赤を基調とした真新しい衣装が浮いているようだった。

問題はどうやってこの封印を突破するかだが、突っついて破れたりはしないよね……？

――つんっ、つんっ。

ものは試しとばかりに球体を突っついてみる。

まるでゴムのような弾力だ。

だがそれだけで、当然のことながら球体はうんともすんとも言わなかった。

「まあそんな簡単には解けないよな……」

ならどうするか……、と眉間にしわを寄せ、次の手を考えようとしていた俺だったのだが、

――ばしゅうっ！


「「――なっ!?」」

遅れて球体の水が弾け飛び、フェニックスローブが光り輝く。

そして。


――ばしゅんっ！

「うおおっ!?」

一瞬ローブが粒子のように散り散りになったかと思うと、俺の身体にばっちり装備されやがったではないか。

本当に、あらかじめ採寸したのではないかというくらい、ローブは俺の身体に完璧にフィットしていたのである。

「あ、あの、封印解けちゃったんですけど……」

わけもわからず俺が振り返ると、町長さんたちも同じ気持ちだったのだろう。

「そ、そのようですな……」

「よ、よくお似合いですよ……?」

あはははは……、と三人揃ってぎこちない感じになっていたのだった。

それはそうと、俺には二人に伝えていない事実が一つある。

この衣装、勝手に張りついてきたのはいいのだが、このスースーする感じを鑑みるに、恐らくは下着がついてないんじゃないかなぁ……。

というか、確実についてないっぽいんだよね……。

な、なんか浮いてたらどうしよう……、と微妙に内股になる俺なのであった。

6章　宴の夜に

『ヒノカミさまばんざーい!!』

かつんっ、と小気味よい音を響かせながら人々が祝杯を交わす。

現在、マルグリドの町ではヒノカミさまの復活（元からいたのだが）を祝し、盛大な宴が行われていた。

その存在自体は伝承というか、おとぎ話のような感じで人々に伝わってはいたものの、実際にそれを目にした者はおらず、信仰も廃れていたのだという。

町長さんたちも、これからはきちんとヒノカミさまに敬意を払い、修練の神殿を改装して供物などを捧げるための祭壇を拵えるそうだ。

それはとても素晴らしいことだと思う。

ただ、

「おお、なんと神々しいお姿……」

「ありがたやありがたや……」

「どうか腰痛(ようつう)が治りますように……」

「……」

さっきからすんげえ拝(おが)まれてるんだけど、俺ヒノカミさまじゃないからね？

しかし一度火の鳥化して島中を飛んで見せたことで、人々は俺をヒノカミさまと同一視してしまったらしく、宴の主役として祭り上げられてしまったのである。

「ささ、どうぞ。イグザさま」

「あ、どうも」

例の巫女(みこ)さんことカヤさんが飲み物を注いでくれる。

カヤさんは町長さんの孫娘らしく、こうして俺の世話役を担(にな)ってくれていたのだ。

なお、若いとは思っていたが、年齢は十八歳だという。

言わずもがな、清楚(せいそ)系の美人さんだ。

「それにしても、皆さん楽しそうですね」

笑顔で談笑している人々を見やり、俺は言う。

すると、カヤさんも「はい」と微笑(ほほえ)ましそうに頷(うなず)いて言った。

「先日まではアダマンティアの影響もありましたし、皆さま明るい話題を欲していたのでしょう。そこに伝説のヒノカミさまが現れ、しかもアダマンティアを退(しりぞ)けたのがその御使(みつか)いさまだと聞けば、自分たちにはヒノカミさまがついていると安心されるのも致し方のないことかと」

「なるほど。まあ問題は俺がそのヒノカミさま本人だと思われてることなんですけどね……」

向こうのお山にちゃんとご本人さまがいらっしゃるというのに……。

いいのかなぁ……、と顔を引き攣らせる俺に、カヤさんはふふっとおかしそうに笑って言う。

「そうですね。ですがイグザさまはヒノカミさまに直接会われてお力を賜った上、あのフェニックスローブにすら認められるほどのお方。私どもからすれば、それはもはや神にも等しい存在にございます」

「な、なるほど……」

そこまで持ち上げられてしまうとさすがに照れてしまう。

ちょっと前まではただの荷物持ちだったんだけどな。

それがドラゴンスレイヤーになったかと思ったら、今度はヒノカミさまである。

カヤさんをはじめ、今まで出会った人たちは皆さん凄く優しくていい人たちばかりだったし、なんかエルマと別れてから色々と上手くいってるような気がするんだけど気のせいかなぁ……。

う～ん、と俺が難しい顔をしていると、カヤさんが飲み物の入った瓶を手に微笑んだ。

「ともあれ、今宵は特別な宴にございます。どうぞイグザさまも存分に楽しんでいかれてくださいませ」

「あはは、そうですね」

そう笑いながら返し、俺はカヤさんの言うように宴を堪能したのだった。

◇

その夜のことだ。

俺は町長さんのご厚意でお屋敷の方へと泊まらせてもらったのだが、

「……お夜伽に、参りました……」

突如床に三つ指を突き、そう頭を下げるカヤさんのお夜伽発言に、比喩抜きで両目が飛び出しそうになっていた。

「ええっ!?」

言わずもがな、〝お夜伽〟というのは〝えっちなご奉仕〟のことである。

いや、そりゃしていただける分にはとても嬉しいのだが……って、そうじゃねえよ!?

そもそも俺、そういう経験まったくないし!?

てか、なんでそんな流れになってるの!?

唖然とする俺の心情を知ってか知らずか、立ち上がったカヤさんは恥ずかしそうに頬を染めつつ、纏っていた白装束をはらりと脱ぎ捨てる。

「ちょっ!?」

どうやら最初から下着は身につけていなかったらしく、そこには生まれたままのカヤさんの姿があった。

生で女性の裸を見るのは母親以外ではじめての経験なわけだが、月明かりの照らす彼女の身体は、なんというか本当に綺麗だった。

シミ一つない雪のような肌が織り成すほどよいサイズの乳房と、その中央で小さく屹立する桃色の乳頭。

腰もきゅっとくびれており、まるで均整の取れた人形のような美しさであった。

「……っ」

ごくり、と思わず生唾を呑み込んだほどだ。

「イグザさま……」

そしてそんな恰好のカヤさんが熱っぽい顔で距離を詰めてくるのだ。

堪ったものではない。

なんとか逃れようとベッド上を後退していくも、やがて追い詰められてしまい、

「私を、抱いてください……」

「い、いや、ちょ、ちょっと待って!? と、とりあえずお洋服をおおおおおおおっ!?」

そのまま身を預けるように倒れ込んできたカヤさんの身体を、釣られて俺も抱き止めてしま

ったのだが、

「あっ……」

「げえっ⁉」

勢い余ってお尻をがっつり鷲掴みしてしまったらしく、普段のカヤさんからは想像できないほど色っぽい声が上がる。

「ご、ごめん⁉　そ、その、わざとじゃないんだ⁉」

慌てて手を離したものの、両手には今もカヤさんのお尻の感触が生々しく残り続けていた。

な、なんかめちゃくちゃ柔らかかった⁉

てか、胸元に押しつけられてるおっぱいの感触といい、柔らかいわ温かいわいい匂いがするわの三拍子でもう色々とやばい⁉

なんなのこの状況⁉　と困惑していた俺に、カヤさんは頬を染めつつも、少々心配そうな顔で言った。

「私では、お嫌でございますか……？」

「い、いやいやいやいや⁉　そりゃカヤさんがお相手ならとても嬉しいですけど、で、でも何故いきなりお、おおお夜伽を⁉」

というか、落ち着け俺⁉

いくらそういう経験がないからといって、これでは初心者感が丸出しではないか⁉

だがカヤさんはそんなことを気にする素振りをまったく見せず、恥ずかしそうに言った。

「それはもちろんイグザさまとのお子を生すためにございます……」

「あ、ああ、なるほど。お子ですか……って、お子ーっ⁉」

いや、ちょ、ええっ⁉

こ、子作りする気なの⁉　と俺が一人取り乱していると、カヤさんは「はい、そうです……」とさらに強く俺に抱きついて言った。

「お願いです……。私を抱いてください……」

「ちょ、ちょちょちょっと待ってください⁉　と、とりあえず落ち着きましょう⁉　ま、まずはお互い冷静になるべきです⁉」

「ですが私、もう我慢ができません……」

それは俺も同じですぅ～っ⁉

一瞬でも気を抜いたら暴発しそうなんで、お願いだからそんな色っぽい顔で見つめないでください～っ⁉

そう内心歯を食い縛りながら懇願する俺だったが、さすがにいきなり子作りというのは些か話が飛躍しすぎている。

なので俺は本当に暴発寸前ではあったものの、努めて冷静に尋ねた。

「あ、あの、でもどうして急に俺と子どもを作ろうと思ったんですか……？」

「それは……」

「ただのお夜伽ならまあなんとなくわからないことはないんですけど……でも子作りとなると何か理由があるのかなって。も、もちろんカヤさんが卑しいことを考えてるとか、そういう風に思ったわけじゃないですよ？」

　俺が慌ててそう付け足すと、カヤさんは「はい、承知しております」と微笑んだ後、それを自嘲の笑みに変えて言った。

「ですが正直、卑しい女だと思われても仕方のないこと。何故なら私はイグザさまを利用しようとしているのですから」

「えっ……？」

　それは一体どういうことなのだろうか。

　困惑する俺に、カヤさんは続ける。

「こうしてヒノカミさまの存在が明らかになった以上、我らマルグリドの民は、このしきたりを次の世代へと紡いでゆかねばなりません。そのためには御使いさまの血筋を受け継ぐ〝巫女〟の存在が必要不可欠であると私は考えております」

「だから俺と子どもを作ると？　ヒノカミさまを忘れないようにするために」

「はい、仰るとおりです。ですからどうか私にイグザさまとのお子をお与えくださいませ。我らマルグリドの民は、もう二度とヒノカミさまを蔑ろにしてはならないのです」

「カヤさん……」

この人は、とても優しい人なんだろうな。

そして凄く責任感の強い人なんだと思う。

だから今までのヒノカミさまの扱いをとにかく不憫に思っているのだろう。

確かに事情は理解した。

けれど。

「カヤさんは、本当にそれでいいんですか？」

「構いません。それがマルグリドの民として生まれた私の、せめてもの贖罪ですから」

そう儚げに微笑むカヤさんに、俺は「うーん」と眉根を寄せた後、上体を起こしつつ、その華奢な両肩をがっしりと摑んで言った。

「――うん、やっぱりダメだと思います！」

「えっ？」

「そりゃカヤさんの言うこともわかります。でもそういうことは好きなやつ同士がするべきですし、俺はカヤさんにも是非そうしてほしいんです。それにたとえ子どもができたとしても、これから巫女になるその子や、以後巫女としての運命を背負う子たちは、この先ずっと色々な重圧も一緒に背負うことになると思うんです」

「それは……」

「そうなるくらいなら、巫女なんてものは肩書きくらいでいい。皆が宴の主役として選んで、笑顔でヒノカミさまに供物を届けに行くくらいの役割でいいと俺は思います。だってその方がヒノカミさまも喜ぶじゃないですか。少なくとも、ヒノカミさまだと言われている俺は喜びますよ。ええ、喜びますとも」

どんっ、と笑顔で胸を叩いた俺に、カヤさんが涙ぐむ。

「イグザさま……」

「あはは、なんか色々と偉そうなことを言ってすみません。でもそういうことなんで、カヤさんも誰か本当に心から好きになれる人を見つけてください。お夜伽はその時まで取っておくということで。じゃないときっと後悔しちゃいますし、カヤさんには本当の意味で幸せになってもらいたいですから」

「……はいっ。わかりました……」

涙を拭いながら頷いてくれたカヤさんの笑顔は、月明かりに照らされてとても綺麗だった。

余談だが、カヤさんが部屋を去った後、「俺の馬鹿馬鹿何やってんのもう～!?」と一人枕を濡らしたのは秘密である。

男心は色々と複雑なのだ。

《聖女パーティー》エルマ視点2：なんで誰も知らないのよ!?

たった一人で飛竜を倒したというドラゴンスレイヤーに会うため、あたしは港町ハーゲイを訪れていた。

この町ではかなり有名な人物のようで、誰に尋ねても皆彼を知っているかのような口ぶりだったのだが、

「いや、なんで誰も名前を知らないのよ!?」

というように、誰に聞いても「ドラゴンスレイヤーさんのお名前？　え、ドラゴンスレイヤーさんなんじゃないんですか？」みたいな回答ばかりだったのである。

そんな名前のやつがいるかという感じなのだが、本当に誰に聞いても名前を知っている人がいないため、あたしは彼自身がそう名乗っているのではないかと疑い始めていた。

まあ飛竜を短剣一本で倒すような猛者である。

恐らくは対竜種戦に特化した戦闘術を身につけ、それを生業としているのだろう。

《剣聖》のスキルを持ち、聖剣に選ばれた聖女のあたしですら、竜種を相手にするのは些か骨

の折れる作業なのだ。

それを単身かつ短剣のみで成し遂げる技量を持つ者など、まさにあたしのパーティーに入るために生まれてきたようなものである。

ゆえになんとしてでもパーティーに加えなければ！

そしてばったばったと竜種どもを薙ぎ倒して、あの馬鹿イグザに目にものを見せてやるんだから！

そう拳を握り、あたしはドラゴンスレイヤーの所在を荷物持ちの男性とともに手分けして捜し続ける。

が、なかなか成果は上がらず、あたしの苛立ちも加速度的に増していった。

てか、そもそもなんで聖女のあたしが汗水垂らして聞き込みしなくちゃいけないわけ⁉

荷物持ちのあんたも少しは空気読んで「聖女さまは宿でお休みになっていてください」とかなんとか言いなさいよね⁉

何聖女を差し置いてがばがば水飲んでんのよ⁉

あーもうこれだから気の遣えない男は……っ。

「おや、どうされました？　聖女さま」

「い、いえ、今日はとても天候に恵まれているなと」

「そうですね。おかげで汗が止まりませんよ」

はっはっはっ、と男性が鷹揚に笑う。

いや、何笑ってんのよ!?

こっちはあんたの暑苦しさで余計滅入ってるってのに!?

「おや、どちらへ?」

「も、もう少し聞き込みをしてこようと思います。そろそろギルドの方も戻ってきていると思いますので」

「わかりました。では私は一足先に宿の方でお帰りをお待ちしておりますね」

……はっ?

いや、あんたも足動かしなさいよ、足!?

完全に人選ミスだと頭痛を覚えそうになりながらも、あたしはギルドへと赴く。
もちろん町に来て早々、ギルドには足を運んだのだが、その時は運悪く担当者が不在だったのである。
が、どうやら戻ってきているようだ。
「――失礼。私は聖女エルマと申します。こちらにドラゴンスレイヤーさまがいらっしゃると伺(うかが)ってきたのですが」

「これは聖女さま、ようこそおいでくださいました。私はクエストの担当をしております、リサと申します。以後お見知りおきを」

受付の女性――リサが深々と頭を下げてくる。

この町の冒険者に一番詳(くわ)しいという彼女ならば、きっと何かしらの手がかりを知っていることだろう。

「ええ、よろしくお願いいたします。それでドラゴンスレイヤーさまはいずこに？」

「はい。あの方でしたら、先日船で南の火山島――マルグリドへと向かわれました」

ほら、ビンゴ！

さすがあたし！

「なるほど、そうでしたか。ありがとうございます。あ、それと――」

名前……はどうせ知らないでしょうし、聞かなくていいか。

「？」

「いえ、なんでもありません。有益な情報をありがとうございました」

聖女らしく丁寧(ていねい)にお礼を告げ、あたしは足早に宿へと戻っていったのだった。

待ってなさいよ、ドラゴンスレイヤー！

このあたしが直々(じきじき)にパーティーに加えてやるんだから！

7章　戦闘スタイルを決めよう

「あ、あの、是非(ぜひ)またこちらにいらしてくださいね。私、いつまでもあなたさまのことをお待ちしておりますので……」

ぎゅっと両手で俺の手を握ってくれるカヤさんにドキッとしつつも、俺はそれを気取(けど)られないよう頷(うなず)いて言った。

「え、ええ、もちろんです。町長さんもお元気で」

「はい。カヤともども旅の安全を祈っておりますぞ」

「ありがとうございます。では——お世話になりました！」

ごごうっ！　と火の鳥化し、俺はまだ夜の帳(とばり)が下りている大空へと舞い上がる。

ドラゴンスレイヤーの時もそうだったが、さすがに有名になりすぎたからな。

そろそろ場所を移動した方がいいだろうと考え、本日出立(しゅったつ)を決意したのだ。

もちろん住民の皆さんは俺を本物のヒノカミさまだと思っているので、このように人目を憚(はばか)っての出発になったわけだが、夜の海というのもなかなか静かでいいな。

なんというか、周囲に人気がまったくないせいか、世界に俺一人しかいないのではと錯覚してしまいそうになる。

ただ火の鳥化は日中でも無駄に目立つので、もう少し何か別の飛行方法を考えないといけないだろう。

下手したら珍獣扱いだからな。

討伐対象になっても面倒だし、気をつけるようにしないと。

ともあれ、次の目的地なのだが、そろそろ自分の戦闘スタイルを確立できたらと考えている。

今までは雑務用に短剣を使っていただけだったので、剣や槍、弓など、とにかく自分に合った武器での戦闘スタイルを見つけたかったからだ。

でも剣だとエルマと被るのか。

まあ剣を使ってるやつなんてごまんといるし、気にすることでもないとは思うんだけど。

「さて、次もいいところだといいなぁ」

と、そんなわけで俺が目的地に選んだのは、マルグリドから東にあるラスコラルタ大陸の武術都市――〝レオリニア〟であった。

◇

町長さんの話によると、武術都市レオリニアには、冒険者たちが互いの技量を競い合うための闘技場があるといい、世界中からたくさんの猛者たちが集まってくるという。

つまり多種多様な戦闘術が見られるというわけだ。

しかも町には参加者用に多数の武具店が存在するらしく、俺好みの武器もきっと見つかるだろうという話だった。

「というわけで、噂のレオリニアにやってきたわけですが……」


――がやがやがやがやがや。


「人多いなぁ……」

何かお祭りでもあるのか、通りを埋め尽くす人々の波に、俺は「ほえー」と口を開けたまま固まっていた。

しかしさすがは〝武術都市〟といったところだろうか。

皆さん実に血の気の多そうな人たちばかりである。

人を見た目で判断するのもどうかと思うのだが、うっかり肩でもぶつかった日には、問答無用で殴りかかってきそうだ。

「なんだてめえ!?　俺が誰だかわかってんのかコラァッ!?」

「あぁっ⁉　んなもん知らねえよこのタコッ⁉」

というか、普通にそこかしこで小競り合いが起こってるし。

まあアレだ。

とりあえず見なかったことにしておこう。

「さてと」

俺は気を取り直して町の様子を窺う。

恐らくはあの中央に見える石造りかつ円形のでかい建造物が件の闘技場だろう。

どうしようかな。

やっぱりメインである闘技場が一番気にはなるのだけれど、その前にどんな武器があるのかを見ておこうかな。

お店もいっぱいあるっていうし。

というわけで、俺は近くにあった武具店に入ろうとする。

「……あれ？」

が、店の前には〝準備中〟の看板が掛けられていた。

もう昼すぎのはずなのだが、珍しいこともあるものだ。

だがまあそういうことなら仕方あるまい。

別の店を探すとしよう。

「いや、なんでどこも〝準備中〟なんだよ!?」

10件目の〝準備中〟を目の当たりにし、俺は思わず突っ込みを入れてしまう。

もしかしてこの町の武具店は夜から開くのだろうか。

いや、でもこれだけ人出があるわけだし、それはない気がするんだけど……。

むしろ人気がありすぎてもう全部売り切れちゃったとか？

だとしたらこのお祭り騒ぎが終わるまで開きそうにないよな……。

だって作ったそばからすぐ売れちゃいそうだし……。

「はあ……。武器見たかったんだけどなぁ……」

そう俺がしょんぼりと肩を落としていた時のことだ。


「――あ、あの！」


「うん？」

ふいに誰かに声をかけられ、俺は声のした方を見やる。

そこにいたのは、十二歳くらいの女の子だった。

白いエプロンのようなものを身につけた可愛らしい感じの子だ。

俺に何か用でもあるのだろうか。

怖がらせないよう目線の高さを合わせて尋ねてみる。

「どうしたんだい？」

「そ、その、お兄さんは武器をお探しなのですか？」

「えっ？　あ、うん。そうなんだけど、どこもお店が閉まっててね」

俺が苦笑い気味に言うと、少女は「で、でしたら」と胸の前で両手を握る。

「お母さんのお店に来ませんかっ？」

「お母さんのお店？」

「はいっ。フィオのお母さんは武器のお店をやっているんですっ」

どうやらこの子はフィオちゃんというらしい。

「え、いいのかい？　というか、お母さんのお店も準備中なんじゃ……」

「いえ、お母さんのお店はちゃんと営業中なので大丈夫ですっ」

「あ、そうなんだ」

それはありがたい。

しかし〝お母さん〟のお店か。

お母さんが鍛冶師ってことはないだろうし、もしかしたら店主だった旦那さんが亡くなってしまったのかもしれないな。

そして残った武具をなんとか売って生活費を稼ごうと、こんな小さな子までもが自主的にお客さんを探しにきていたというわけだ。

もちろん全て俺の勝手な想像にすぎないのだが、なんかそんな気もするし、少しでも協力してあげられたらいいな。

そう思い、俺はフィオちゃんに案内してもらうことにしたのだった。

が。


「――おう、あたしがフィオの母親で、名前はレイアだ。まあ好きなだけゆっくりしていきな」

「……はい」

そこで待っていたのは、でかいハンマーを担いでいる姉御肌の女性で、それはもう無駄に筋肉質であった。

勝手に想像しといてなんだが、呼び込みの酒場でぼったくられる人の気持ちがよくわかった俺だった。

「おお、凄い……」

レイアさんには少々びっくりしたものの、俺は店内に飾られていた武器の数々に瞳を輝かせていた。

長剣だけでも両刃と片刃で数種類のものがある上、槍や斧、さらにはアダマンティアでも叩き斬るのかというくらい巨大な剣まで立てかけられているではないか。

ただ防具の類は一切見当たらないので、どうやらここは武器専門店のようだ。

てか、これどうやって振るうんだろう……。

俺が大剣を見ながらそんなことを考えていると、フィオちゃんが楽しそうに声をかけてきた。

「大きな剣ですよね。昔、お父さんが打ったんです」

「へえ、そうなんだ。でもこんな重そうなものを振るえる人がいるのかい？」

「えへへ、どうでしょう。お父さんはお店のシンボルだからいいんだって言ってましたけど」

そう嬉しそうに語るフィオちゃんに、俺の顔も思わず綻ぶ。

すると、カウンターで暇そうにしていたレイアさんがこう尋ねてきた。

「で、あんたは旅人かい？」

「あ、はい。俺はイグザっていいます。何か自分に合う武器はないかと探していたんですけど、どこもお店がしまっていたもので……」

「まあそりゃそうだろうね。今は〝武神祭〟の真っ最中なんだ。どこも客なんかにゃ構ってられないだろうさ」

「武神祭？」

小首を傾げる俺に、レイアさんは驚いたように言った。

「なんだ、あんた知らずにこの町に来たのかい？」

「え、ええ、まあ……」

「〝武神祭〟ってのはね、一年に一度だけ開かれる、レオリニア中の武具店の中から最高の武器職人を決める大会のことだよ」

「へえ、だからこんなにも賑わっていたんですね」

そりゃ皆店を閉めてまで最高の武器作りに勤しむわけだ。

「そうさ。ただ武神祭は単に武器を作ればいいってものじゃあない。あたしたち鍛冶師が作った武器を、組んだ冒険者が扱うことではじめて成立するお祭りさ」

「なるほど。町中に血の気の多そうな人がやたらといたのはそのためだったんですね」

「ああ。名を上げたい冒険者たちが、各武具店から選ばれようと躍起になってるんだろうさ。この時期は因縁をつけてくるやつらも多いから、外に出る時はせいぜい気をつけるんだね」

「わ、わかりました……」

どうやらまったり戦闘スタイルを研究するにはあまりいいタイミングではなかったらしい。ならどうしたものか。

うーん、と腕を組みながら悩んでいた俺だったが、ふと気になったことがあり、それをレイアさんに尋ねる。

「そういえば、レイアさんのお店も参加されるんですか？」

「いや、あたしは……」

と。

――からんっ。


「――邪魔するぜ。レイアはいるか？」

突如、柄の悪そうな男たちが店内に姿を現す。

その瞬間、レイアさんが庇うようにフィオちゃんを自分の後ろへと隠した。

「しかし相変わらずしけた店だなぁ。ラフラの時とは大違いだぜ」

「はっ、嫌味を言うために来たんならさっさと帰りな。大体、客足が遠退いてるのはあんたたちの仕業だろ？」

「さあて、なんのことかな。それよりそろそろ考えは変わったか？」

「何度来ようが無駄だよ。あたしは武神祭には参加しない。あんな血生臭いものになんか、絶対に参加してやるもんか」

「はあ……。気が強いのは結構だが、家賃の方は大分溜まってるそうじゃねえか」

「そ、それは……」

「どうせもうじき潰れる店なんだ。だったら元町一番の武器屋として、最後くらい華々しく散るのが一興ってもんだろうよ」

「くっ……」

「それにあんたなら――」

ぐいっ、と男の一人がレイアさんの腕を摑む。

「うっ⁉」

「お母さん⁉」

「稼ぎ方はたくさんあるだろうしな。なんなら今夜にでも俺のところにぶわっ⁉」

「――っ⁉」

その瞬間、男の身体が炎に包まれる。

もちろんやったのは俺だ。

カヤさんたちに触られた時は危害を与えるようなことはなかったが、どうやら俺が明確な攻撃の意志を持つと熱量が増えるらしい。

しかも火の鳥化せずとも火属性攻撃が放てるようだ。

「い、いきなり何しやがる⁉」

当然、ちょっと脅かす程度の威力だったので、男の負ったダメージも大したことはない。

まあ本音を言えば丸焦げにしてやりたかったんだけど、さすがにフィオちゃんのお目々に毒だからな。

「悪い。なんかもの凄く不快だったんで、つい手が出ちまった」

「ふ、ふざけんな⁉　俺にこんなことをしてただで済むと思うなよ⁉」

なんかその台詞、前にも聞いたことがあるような……。

確かエルマのやつが似たようなことを言ってたなぁ……、と俺が一人既視感を覚えていると、男はほかの男たちに肩を貸してもらいながら、最後にこう捨て台詞を吐いて去っていった。

「絶対にこの店を潰してやるからな！　覚悟しておけ、レイア！」

そしてレイアさんもまた、負けじと言い返していたのだった。

「はっ、おととい来やがれってんだ！」

しかし逞しい人だなぁ……。

◇

「巻き込んじまって悪かったね」

男たちが去った後、レイアさんは俺にそう頭を下げてきた。

「いえ、俺も勝手なことをしてすみませんでした」

なので俺も自分の行動を反省する。

たとえ今は追い返すことができたとしても、この町であいつらとの関わり合いがある以上、後ほどさらなる被害に遭うかもしれないのは彼女たちの方なのだ。

やっぱり軽率だったかな……、と顔を曇らせる俺に、レイアさんは笑いながら言った。

「いやいや、あんたのおかげであたしもスッキリしたんだ。顔を上げておくれよ」

「あはは、そう言ってもらえると助かります。それでその、できれば事情を伺えたらなと……」

「そうだね。あんたには話しておいてもいいかもしれない。といっても、別に大したことでもないんだけどね。それでもよければ聞いてくれるかい？」

「もちろんです」

俺が頷くと、レイアさんは「ありがとう」と言って事情を話してくれた。

「一年前に死んだうちの旦那は、この町一番の鍛冶師でね。武神祭でも幾度となく優勝してきた名匠だったんだ。まあだからこそ、色々なやつらに恨みを買っちまったんだろうね。死んだとは言ったが、実際には殺されたようなもんさ」

「殺された……？」

「……っ」

フィオちゃんがぎゅっと堪えるようにエプロンの裾を握る中、レイアさんは頷く。

「ああ。突然死だとは言うけど、あたしは殺されたと思ってる。何せ、武神祭で優勝が決まった直後の話だったからね。しかも旦那が死んでから連日のようにあいつらが押し寄せてくる始末だ。大方、武神祭で負けたのがよっぽど悔しかったんだろうさ」

「なるほど。つまりさっきのやつらは別の武具店の関係者ってことですね？」

「ああ、そうさ。それで今度こそ完膚なきまでにうちの店を叩き潰したいのか、しつこく参加しろと脅してきてるってわけさ。まあ、どのみちそんな気はさらさらないんだけどね」

「それは、やっぱり旦那さんの件があったからですか……？」

俺が控えめに尋ねると、レイアさんは肩を竦めて言った。

「いや、それもあるんだけどさ、旦那が生前言ってたんだ。鍛冶師ってのは、〝誰かを守るために槌を振るうんだ〟ってね。だからあたしは武神祭には参加しない。仮に参加したとしても、あたしの技量は旦那には及ばないからね。中途半端な武器を拵えて負ければ、同時に旦那の名も地に落ちちまう。店は潰れてもまた始めればいい。けれど、名声まではそうはいかない。あたしは旦那をこのまま町一番の鍛冶師でいさせてあげたいんだよ」

「レイアさん……」

つまりこのままだと武神祭に出ようが出まいが、店が潰れることは確定しているわけだ。

かといって、出たとしても勝てる見込みはなく、旦那さんの評判を落とすだけになってしまう。

そうなるくらいなら、このまま何もしないで耐えようというのがレイアさんの判断なわけだが……そこで俺はふと考える。


——要は俺がレイアさんの武器で優勝すればいいのではなかろうか？　と。


問題はほかにもあるけど、事態を解決するにはとりあえず優勝するのが手っ取り早いはずだ。

俺には《不死鳥》のスキルもあるし、勝てる可能性は十分にあると思う。

というわけで、俺は迷わず提案した。

「——わかりました。なら俺が必ず武神祭で優勝します。だから俺に——あなたたちを守れる最高の武器を打ってください」

「「えっ？」」

当然、二人は驚いたように目を丸くしていたのだった。

もちろんレイアさんは反対した。

自分の技量でできるものなど高が知れていると。

だから俺も反論した。

ならその高が知れているもので、他店の誇る最高の武器たちを全部打ち破ってみせると。

俺としては大真面目に言ったつもりだったのだが、レイアさんにはあまりにも馬鹿げた言葉に聞こえたようで、〝話にならない〟と失笑されたりもした。

だが俺は諦めなかった。

必ず俺が優勝して、今後やつらが一切手を出してこないようにさせると説得し続けたのだ。

そうして俺たちの言い合いは続き、

「あーもうわかったよ！　ならあんたのその馬鹿みたいな言葉に賭けてみることにする！　ただし負けたら承知しないからね！」

「ええ、任せてください！」

と、ついにレイアさんの方が根負けしたのだった。

というわけで、早速武器を作ってもらおうとしたのだが、そこで一つ問題が生じてしまった。

そう、俺が戦闘スタイルを確立できないことには、彼女も武器作りに入ることができなかったのである。

武神祭当日までは残り十日。

武器を作るのに最低一週間以上はかかるとして、猶予は二日……いや一日もないだろう。

その僅かな時間で、俺は自分にとって最適な武器を見つけなければならなかったのである。

もっとも、俺には《不死鳥》のスキルがあるし、スタミナも無尽蔵だ。

その上、火属性の術技も使えるので、やろうと思えば適当な武器でもなんとかなるとは思う。

でもなんと言えばいいのだろうか。

今回はそれだけではダメだと思った。

レイアさんが本気で俺と向き合うことを決めてくれたのだ。

ならば俺も本気で自分の可能性と向き合いたい――そう思ったのである。

「ふんっ、ふんっ、ふんっ」

というわけで、俺は自分に最適な武器を探るべく、レイアさんから借りた安価な武器類を手に町外れの草原に出かけ、一人素振りをしていた。

「おりゃあ！」

——ぶんっ！

だが不思議なもので、なんか全部合う気がしてくるんだよね……。

今だって全力で斧を振ってはみたけれど、これはこれでいいなって感じだったし。

「武器を選ぶのって意外と難しいんだな……」

ふう、と一息吐き、俺は草むらに腰を下ろして夕焼け空を眺める。

と。


「——あ、こちらにいらしたんですね」


「！」

フィオちゃんがバスケットを両手で抱えながら、笑顔で声をかけてきてくれた。

「やあ、フィオちゃん。レイアさんのお手伝いはもういいのかい？」

「はい。なので少しでもイグザさんのお力になれたらと思いまして」

そう言って、フィオちゃんがバスケットの中からパンを取り出してくれる。

「ありがとう。ちょうど小腹が空いてたんだ」

「えへへ、それはよかったです♪」

「じゃあ、ありがたくいただきます」

はむっ、とパンを頬張る。

多少の固さなどなんのその。

薄味でとても美味しいパンだった。

もぐもぐとパンを咀嚼しつつ、俺は雑談がてらフィオちゃんに尋ねる。

「なあ、フィオちゃん。俺に一番合いそうな武器ってなんだと思う？」

「イグザさんに一番合いそうな武器ですか？」

「うん」

「えっと、フィオにはよくわからないんですけど、イグザさんの中で一番好きな武器はなんなのでしょうか？」

「俺の一番好きな武器？」

「はい」

改めてそう言われると迷うな。

剣、は言わずもがな、槍も慣れれば使いやすそうだし、弓もかっこいいからなぁ。

斧も〝漢〟って感じがするし……うーん。

「えへへ、ごめんなさい。迷っちゃいますよね。じゃあえっと……一番強そうだと思う武器、とか……」

「一番強そうな武器……」

それは……やっぱり〝剣〟かもしれない。

だって俺はずっと見てきたから。

全(すべ)ての剣技をマスターできるレアスキル――《剣聖》を持つ幼馴染(おさななじ)みの姿を。

そして負わされ続けてきたのだ。

そんな彼女が受けたダメージの全てを。

それはつまり――。

「……そうか。そういうことか」

「？」

不思議そうな顔をしているフィオちゃんに、俺は手にしていたパンをはぐはぐごくりと一気に呑(の)み込んで言ったのだった。

「ありがとう、フィオちゃん！　なんか摑(つか)めた気がするよ！」

◇

そうして迎えた武神祭(アラストル)当日。

俺は大歓声の中、闘技場の中心にいた。

もちろん観客席にはフィオちゃんとレイアさんの姿もあり、二人とも心配そうに試合の行く末を見守っている。

俺と相対するのは、フルプレートアーマーに身を包んだ筋骨隆々の大男で、扱う武器はやはり巨大な長柄の戦斧。

まともに受ければ致命傷は避けられないだろう。

まあ俺は不死身の上、そもそも受ける気なんてこれっぽっちもないんだけどな。

「それがお前の武器か。鍛冶師ラフラの店の武器だとは聞いていたが、随分とアンバランスな短剣だな。いや、斧か？　どちらにせよ、些か柄が長すぎるように見えるぞ」

「そうだな。だからこれはそのどちらでもない」

「何？　ならばなんだと言うのだ？」

ごーんっ！　と試合開始の鐘が鳴らされる。


——ごうっ！


「なっ!?」

その瞬間、俺の持つ武器に凝縮された炎の刀身が現れ、男性が驚愕に目を見開く。

そう、これは短剣でもなければ、ましてや斧でもない。

俺の中に眠るヒノカミさまの力——つまりは〝炎〟を刃に換えるための武器。

「——〝魔刃剣ヒノカグヅチ〟。それがこの武器の名前だ」

「魔刃剣、ヒノカグヅチ……っ!?」

反芻するように呟く男性だが、彼は口元に笑みを浮かべて言った。

「……なるほど。大層な名前ではあるが、結局のところただの〝属性武器〟であろう？　それもその形状——速さに重きを置いているな？」

つまり、と男性が戦斧を振りかぶって構える。

「防御特化の俺には通じんということだッ！」

——ぶうんっ！

そして全力で俺を仕留めるべく戦斧を振り下ろしてきたのだが、

——がきんっ！

「ぐうっ!?」

俺はそれを凄まじい速さの一撃で弾き返したのだった。

俺には幼馴染みがいた。
彼女は才能に溢れていて、俺は無能だった。
だから俺は将来有望な彼女の代わりに、全てのダメージを負った。
どんなに些細なダメージや負荷でも、全部俺が身代わりになった。
何年も何年も、《剣聖》のスキルを持つ彼女の動きに伴うダメージを、俺は負い続けたのだ。
まったく同じ負荷を身体に与えられ続けたのである。

つまりそれは——俺が《剣聖》のスキルを持っているのと同じこと。

ならば俺にそれができないはずがない。
長剣を、双剣を、細剣を、両剣を、大剣を——全ての剣技を俺が使えないはずがない。

——しゃきんっ！

「なっ!? 双剣に変化しただと!? ――があっ!?」

柄を二本に分け、目にも留まらぬ速さで連撃を加えた後、俺はまた柄を一本に戻して炎の刃を顕現させる。

次に姿を現したのは、飛竜すら一刀のもとに斬り伏せそうなほど巨大な刀身だった。

火力の調節により、刃の形状をいくらでも変化させることができるのである。

「ちょ、待っ――」

エルマが使えるのは聖剣――つまりはロングソードのみ。

様々な剣技の修練を積んでも、持てる武器には限りがあるからだ。

だが俺は違う。

長剣も、双剣も、細剣も、両剣も、大剣も――全ての剣を俺は使うことができる。

ならば即座に武器を切り替えられる俺の方が――〝聖女〟よりも強い!

――ずがんっ!

「げあっ!?」

そうして、容赦のない一撃が男性の頭上に振り下ろされたのだった。

《聖女パーティー》エルマ視点3：ドラゴンスレイヤーどこ行ったのよ!?

港町ハーゲイのギルドでドラゴンスレイヤーが火山島マルグリドにいると聞いたあたしたちは早速、船で南へと向かった。

マルグリドは温泉地としても有名な場所らしいので、ドラゴンスレイヤーとパーティーを組んだ暁には、この溜まりに溜まったストレスをそこでゆっくり解消しよう――そう思っていた。

思ってはいたのだが、

「……ドラゴンスレイヤー？　誰ですそれ？」

いや、なんで急に消息不明になってるのよ!?

まさかの展開に、あたしは一人、頭を抱えていた。

え、おかしくない？

航路が直接繋がっている町の英雄的存在がわざわざ出向いてきたのよ？

普通は町を挙げてお迎えしたりするんじゃないの？

それがお迎えどころか、その存在すら知らないなんて……。

え、ちょっと本気で意味わかんないんですけど!?

「おや、どうされました？　顔色が優れないようですが……ふぃ〜」

「いえ、大丈夫です……」

そりゃ優れなくもなるわよ……。

これじゃあたしのリフレッシュ計画が水の泡じゃない……。

てか、あんたのその尋常じゃない汗はなんなのよ!?

あたしの荷物にあんたの汚い汗が染み込んだらどうしてくれるわけ!?

あ〜もうイライラする〜っ!?　と内心頭を掻きむしりたい気持ちのあたしだったが、そんなはしたない振る舞いを聖女がするわけにはいかない。

「……ふう」

ゆえにあたしは深く呼吸をし、なんとか冷静を装う。

こんな時あの馬鹿イグザがいれば、いいストレスの捌け口になったのに、何故肝心な時にいないのか。

本当に使えないやつ……っ、とあたしは唇を噛み締める。

ただ不幸中の幸いか、気になる噂も聞いた。

この島に古くから伝わる守り神――〝ヒノカミさま〟が復活したというのだ。

実際に島民たちがその雄々しき姿を目の当たりにしているといい、しかもあのアダマンティアですら一人で退けたのだとか。

なので先日まで町は連日宴を行うなど、お祭りムードに包まれていたという。

恐らくはその影響でドラゴンスレイヤーの存在が薄れてしまったのだろう。

さすがは伝説の守り神である。

これは是が非でも会うしかあるまい。

何故ならあたしは聖女――かの聖剣に選ばれた唯一の女なのだから。

ならば当然、ヒノカミさまもなんか凄い力を与えてくれるに違いない。

むしろ与えない方がおかしい。

そう考えたあたしは、一旦ドラゴンスレイヤーのことは忘れ、荷物持ちの男性に告げた。

「では入殿の許可をもらいに町長さまのところへと参りましょうか」

が。

「も、申し訳ありません……。さすがにこの暑さで動くのはもう……はふぅ～」

「……」

こ、この豚男ぉ～……っ。

全力でビンタしてやりたい気持ちを必死に堪え、あたしは一人拳を握り続けていたのだった。

10章　唯一無二のスキル派生体質

俺たち人間はこの世に生まれ落ちた際、女神さまによってスキルを与えられる。

それは人生を左右する才能のようなもので、基本的には一人一つだ。

だが希にスキルを複数持つ者がいるという。

もちろん女神さまは誰に対しても分け隔てしない存在ゆえ、彼女が与えたものではない。

その人が何かの弾みで新たなスキルを〝派生〟させたのだ。

たとえばそう――俺のように。

「いつの間にか随分増えたなぁ」

ステータスのスキル欄を見やり、俺はそう独りごちる。

そこには最初に持っていた《身代わり》を筆頭に、まるで木の枝のようにスキルが線で結ばれていた。

以前までは《身代わり》《不死身》《不死鳥》と、最新のスキルが一つだけ表示されていたのだが、さらにスキルを会得したことで、スキル欄自体の表示の仕方も変わったらしい。

恐らくは最初からそうなるよう女神さまがお造りになられていたのだろう。

さすがは〝創まりの女神〟とまで言われているお方である。

まあ誰もその存在を見た者はいないらしいんだけど……。

ともあれ、問題は俺の会得した新しいスキルだ。

それは再表示された《身代わり》から伸びたもので、〝体現〟とあり、そこから伸びる線には〝疑似剣聖〟と記載されていた。

詳細な説明はこんな感じだ。


『スキル――《体現》：過去に蓄積したダメージからスキルを模倣する』

『スキル――《疑似剣聖》：低位から最高位まで全ての剣技をマスターすることができる』


だから俺はエルマの習得した剣技を扱うことができたのだろう。

幼い頃からずっと痛みに耐え続けてきた俺の努力が実を結んだのかもしれない。

あんまり思い出したくはないけど、すんげえ辛かったからな……。

と、いかんいかん。

せっかく自由の身になったんだし、もっと楽しいことを考えないと。

しかし楽しいことか……、と俺は再びスキル欄を見やる。

《不死鳥》は別としても、普通はこんなにスキルが派生するはずないのだが、もしかして俺は何か特異体質なのだろうか。

だとしたらこの《体現》も、今は俺自身の体験からスキルを模倣してはいるけれど、もしかしたらそのうち他人のダメージを読み取ってスキルを模倣することができるようになるかもしれない。

つまり剣以外の武器を扱うことができるようになる可能性があるのだ。

まあ所詮(しょせん)は可能性の話であるが、そう考えるだけで夢がある気がする。

徒手空拳(としゅくうけん)を含め、全ての戦闘術を即座に切り替えて戦うことができる不死身の冒険者なんてめちゃくちゃかっこいいではないか。

いや、まあ可能性の話なんだけど……。

と。

「――ラフラ武器店の冒険者さま、そろそろお時間です」

「あ、はい」

係の人に呼ばれ、俺は待合室の椅子から腰を上げる。

そして俺は自分の中に眠る無限の可能性に一人胸を躍らせながら、闘技場へ向けて歩を進めていったのだった。

そうして迎えた二回戦。

俺の相手は双剣の属性武器を扱う瘦軀の男性だった。

しかも火属性の俺とは相性の悪い水属性の武器である。

一回戦の時にもその名が出てきていたが、〝属性武器〟というのは文字通り〝属性攻撃に特化した武器〟のことであり、〝魔石〟と呼ばれる各属性の結晶体に、己が魔力を同調させることによって発動させることができる優れた代物だ。

これを使えば、たとえスキルに恵まれない者でも多種多様な属性の力が使えるため、冒険者から村のご老人まで、様々な人たちの間で重宝されていたりする。

ただ魔石自体の採掘量があまり多くはないので、正直お値段もそこそこお高い。

「一回戦は見事な戦いぶりでしたね。ですが残念です。私の双剣は水属性。火属性のあなたに勝ち目はありません」

　ともあれ、よほど自信があるのか、男性がいきなりそんなことを言ってくる。

　だが俺だって負けるつもりは毛頭ない。

　ゆえに、「それはどうかな？」と逆に余裕を見せつけるように言った。

「そいつはやってみないとわからないだろ？」

「いいえ、あなたの敗北はすでに決定しています。なので大人しく負けを認めなさい。私もこの手を血に染めたくはありませんからね」

「そりゃ随分とありがたい申し出だな……。けれどこっちにも色々と引けない事情があるんだ。意地でも負けるわけにはいかないんだよ」

　そう言って双剣を構える俺に、男性は「なるほど」と頷(うなず)いた後、

「ならばせいぜい後悔しなさい！　私という強敵に出会ったことを！　秘技――〝水刃螺旋斬(ブレードメイルシュトローム)〟ッッ!!」

　どんっ！　と大地を蹴(け)り、流水を身に纏(まと)いながら攻撃を仕掛けてきた。

　確かに属性には相性がある。

　火が水に弱いのは道理だし、よほどの力の差がない限り勝ち目が薄いのも事実だ。

　だが。

「それが――どうしたああああああああああああああああッッ!!」

――ごごうっ！

「なっ!?　この火力は!?」

――ぶしゅううううううううううううううううううっ！

俺が十字に放った炎の斬撃(ざんげき)は、やつの纏う流水を瞬(また)く間に蒸発させた。

「ぐうっ!?　この程度で!?」

男性は必死に炎を受け止めているが――遅い！

「――っ!?」

俺は男性の背後へと一瞬にして回り込み、片刃の長剣に戻した魔刃剣(まじんけん)ヒノカグヅチを低く構える。

「悪いな。俺の炎は特別製なんだ」

――ざんっ！

「がはっ!?」

炎刃一閃(えんじんいっせん)――男性が両手から双剣を落として地面に倒れ込む。

峰打(みねう)ち程度に加減はしたが、手応(てごた)えは十分にあった。

たぶんしばらくは起き上がれないだろう。

「それとな」

すでに気を失っている男性に、俺は笑みを浮かべながらこう告げたのだった。

「俺の剣術もまた特別製だ。なんたって〝聖女さま由来〟だからな」

「お疲れさまでした、イグザさん！」

「うん。ありがとう、フィオちゃん」

観客席に戻ってきた俺に、フィオちゃんが満面の笑みで労いの言葉をかけてくれる。

もうこの笑顔を見られただけでも頑張った甲斐がある気がする。

ティアちゃんの時も思ったが、やっぱり妹っていいなぁ……。

「お疲れさん。無事で何よりだよ」

「いえいえ、これもレイアさんの打ってくれた武器のおかげです」

俺がそう笑いかけると、レイアさんは俺の腰元に目線を落として言った。

「――魔刃剣ヒノカグヅチ。こんなめちゃくちゃな武器をあれだけ使いこなすなんて、あんたやっぱり大した男だよ」

「あはは、ありがとうございます。絶対優勝するって約束しましたからね」

「そうだね。あたしもあんたならやり遂げてくれるって信じてる。ただ……」

「？」

ふとレイアさんが真剣な表情で闘技場の中心へと視線を移す。

そこにいたのは、目にも留まらぬ速さでモーニングスターを振り回している男性と、その前方で紫の槍を優雅に構える一人の女性だった。

——聖女アルカディア。

《神槍》のスキルを持つ聖女の一人だと、俺は後に知ることになるのだった。

11章 〝槍〟の聖女

以前、聞いたことがある。

この世界には通常のスキルよりも強力で、特別な力を持った〝レアスキル〟が存在すると。

すなわち《剣聖》《神槍》《天弓》《冥斧》《無杖》《皇拳》《宝盾》の七スキルだ。

これらを持つ者は、女神さまによって選ばれた〝バランサー〟とも言われており、守り手としての運命を担う立場にあるのだとか。

もちろん俺の幼馴染み――聖女エルマもその一人である。

彼女は《剣聖》のスキルを持ち、古の賢者たちによって鍛えられたという〝聖剣〟の使い手だ。

当然、賢者の武具は同じく七つ存在し、対応するスキルを持つ者のみがこれらを扱えるようになっているという。

男がそれを手にすれば〝聖者〟と、女がそれを手にすれば〝聖女〟と呼ばれ、人々は彼らを希望の象徴として讃える。

だから同じ時代に〝聖〟の名を冠する者が複数人存在したとしてもなんらおかしくはないのだが、それはつまりそれだけ強大な〝魔〟の力が世に蔓延っているということにほかならないのである。

そしてそんな聖女の一人にがっつり絶縁状を叩きつけたのが俺なわけだが、まさかこんなところで別の聖女に出会うことになろうとは……。

もしかして俺って〝聖女〟という存在に縁があるんじゃなかろうか……。

「す、凄かったですね……」

ともあれ、呆然と目をぱちくりさせているフィオちゃんの言うとおり、確かに凄まじい試合だった。

武神祭ゆえ、自慢の聖槍は使っていないはずなのだが、それでも件の聖女――アルカディアの力は圧倒的だった。

相手の男性も決して弱かったわけではない。

彼の使っていたモーニングスターも、この日のために用意された至高の一品だったはずだ。

なのにアルカディアは――それを真正面から打ち砕いた。

刺突の一撃で男性を壁際まで吹き飛ばしたのである。

モーニングスターは言わずもがな、よほど刺突の威力が凄まじかったのか、男性の身につけていた鎧も粉々に砕け散っていた。

さすがは《神槍》のレアスキルを持つ聖女。

間違いなく今大会最強の戦士だろう。

「……」

試合を終え、アルカディアが悠然と踵を返していく。

相変わらず氷のような雰囲気を持つ女性だ。

たぶん年齢は俺と同じくらいだと思われる。

「！」

その時、一瞬だけ彼女がこちらを見た気がして、俺も少々身構える。

もしかして意識されているのだろうか。

できれば聖女とはあまり関わりたくないのだが、たぶんこのままだと決勝でぶつかりそうなんだよな……。

だって次準決勝だし……。

◇

俺の予想通り、アルカディアは圧倒的な力で決勝へと駒を進めた。

当然、俺も今し方準決勝の相手を斬り伏せ、残すところは明日の決勝戦だけである。

やっぱりというか、大方そうだろうと予想はしていたのだが、アルカディアの使っている武器を作ったのは、先日レイアさんのお店に現れた柄の悪い男たちのいる〝ガンフリート商会〟だった。

色々と黒い噂のある商会だとレイアさんからは聞いているのだが、何故聖女であるアルカディアがそんなところの代表になったのだろうか。

その理由はまったく以てわからないが、相手は目的のためならば手段を選ばないようなやつらである。

決勝まで残った俺たちをこのまま見過ごすはずはないだろう。

だって、

――ぷすっ。

「……」

――ぷすっ。

「……」

――ぷすっ。


さっきからなんかぷすぷす首元に飛んできてるしね……。

これ絶対、毒針かなんかだと思うんだけど、俺不死身だから全然効かないっていう……。

いや、正確には若干効いてるんだけど、すぐさま回復するから基本的には意味がないというかなんというか……。

せめて夕食後の団欒のひとときくらい静かにしてほしいものである。

「えへへ、明日の決勝頑張ってくださいね！」

「うん、ありがとう。フィオちゃんたちのためにも絶対優勝してくるから応援よろしくね」

「はい、もちろんです！」

にんまりと笑うフィオちゃんの頭を撫でつつ、俺は通りに面した建物群の暗がりをちらりと見やる。

それにしてもいっぱいいるなぁ……。

そんなに俺たちの存在が邪魔なのだろうか。

だがさすがにこれだけ殺気を向けられていれば、レイアさんも気づいたらしい。

フィオちゃんを自分の方へと引き寄せ、小声で言った。

「……どうするんだい？　あいつら、完全にあたしたちをやるつもりだよ」

「というより、〝俺を〟でしょうね。あの人たちの目的は、あくまで武神祭(アラストル)の場で俺……いや、レイアさんの武器を倒すことですから。たぶん殺しはしないと思います」

まあ毒はばんばんぶち込んできてるけどな。

「そうは言うけどさ……」

「ええ、人質にされる可能性はかなり高いです。なのでちょっとわからせてこようと思います」

「……大丈夫なのかい？」

「イグザさん……」

心配そうな顔をする二人に、俺はにこりと微笑(ほほえ)みながら頷(うなず)いた。

「大丈夫。すぐに戻ってきますから、レイアさんたちはここで待っていてください。お二人には絶対に手を出させませんので」

そう告げ、俺は地を蹴(け)って近くの建物の陰(かげ)に隠れていた男に肉薄する。

「――がっ⁉」

と同時に壁を蹴り、別の場所にいた男たちをも一撃で昏倒させていく。

そうしてフィオちゃんたちを守るべく、何人も意識を奪っていった俺だったが、途中でふと違和感を覚え、足を止める。

というのも、俺が倒した覚えのない者たちまで、いつの間にやら地に伏していたからだ。

まさかと思い、俺はまだ気配のする方へと急いで駆ける。


「――ぐげっ⁉」


すると、ある建物の屋上で今まさに男が倒されたところだった。

「君は……」

そしてそこにいたのは、流れるような銀の髪を風になびかせる一人の女性だった。

「――思ったよりも早かったな」

そう、〝槍〟の聖女――アルカディアである。

12章 俺はさらに強くなる

アルカディアが何故自分の仲間であるはずの連中をのしていたのか。

訝しむ俺に、彼女はその怜悧な容貌を和らげて言った。

「まあそう身構えるな。お前とやり合うつもりはない」

実際に近くで見て実感したが、アルカディアはとても美しい女性だった。

エルマはエルマで万人が美女だと認めるような顔立ちをしていたが、アルカディアはそれに引けを取らない美女だったのである。

宝石然とした切れ長の赤い瞳と、白磁を思わせる透き通るような白い肌。

その身体は戦士らしく引き締まりつつも、女性らしい艶めかしさを決して失ってはおらず、むしろドレスでも身につけていたならば、どこか高貴な身分の令嬢にすら見えるほどであった。

言ってみれば、エルマは可愛い系の美女で、アルカディアは綺麗系の美女という感じだろうか。

ちなみに、どことは言わないが豊満さはアルカディアの圧勝であった。

太ももだけはむっちむちなんだけどな、あいつ……。

「どういうつもりだ？　こいつらは君の仲間じゃなかったのか？」

ともあれ、俺はアルカディアに真意を問う。

すると、彼女は鼻で笑いながら言った。

「仲間だと？　こんなゲスどもの仲間になった覚えなどない」

「けど君はガンフリート商会の冒険者として試合に登録しているはずだ」

「ああ、しているとも。だが私は別に誰でもよかったのだ。私の力に耐えられる武器を作れるのであれば誰でもな」

そう言って、アルカディアが屋上の床に突き刺さった紫色の槍を見やる。

素人の俺から見ても、あれがかなりの一品であるのは明白だった。

「それで君の目的はなんだ？　何故俺たちを助けるような真似をする？」

「当然、お前と全力で戦うためだ。それ以外に何がある？」

「いや、俺と全力で戦うためって……」

そんな理由で自分の雇い主の意向に逆らったと、本気で言っているのだろうか。

いまいち彼女が何を考えているのかがわからない。

「別に信じずとも構わん。私は私の意志に従って動くだけだからな」

「……なるほど。だから気に食わないやつは、たとえ依頼主であっても容赦はしないと？」

「そういうことだ。理解力のある男は好ましいぞ」

「そりゃどうも。でもいいのか？　君はそれでいいとしても、商会の方はカンカンだと思うぞ？」

「だからなんだと言うのだ。私は聖女アルカディア。文句があるなら力尽くで従わせればいい。もっとも、今のこの世に私に勝てる者がいるとは思えないがな」

「さ、さいですか……」

　なんだろう。

　聖女って自信過剰な人しかいないのかな……。

　俺が内心そんなことを考えていると、アルカディアはやはり顔に余裕を孕ませて言った。

「だがお前はなかなか見込みがあるぞ、炎の剣士。あのような戦い方は私も見たことがない。お前とならば、私も胸躍る戦いができよう」

「そうだな。確かに〝聖女〟が相手なら、俺も本気でやらないとやばそうだ」

「ふふ、何を言う」

「？」

　途端に笑い始めたアルカディアに、俺はどうしたのかと小首を傾げる。

　すると、アルカディアはさも当然のように言った。

「お前が本気を出そうが出すまいが、この私に勝てるはずがないだろう？」

「……」

やべえ、今すぐにでもその高い鼻をへし折ってやりてえ……。

少々自信が過剰すぎる聖女さまに、俺は半眼を向けていたのだった。

そうして迎えた決勝戦当日。

祝砲の音が快晴の空に響く中、俺は闘技場の中心でアルカディアと対峙していた。

昨日アルカディアにはああ言われたが、もちろん俺も負けるつもりはない。

少々彼女の言動にイラッとしたからとか、そういうことではなく、元々俺はレイアさんたち親子のためにこの大会で優勝しようと思ったのだ。

ならば当初の目的を忘れてはいけない。

ゆえに俺は今一度冷静さを取り戻し、改めて彼女たちのために戦う旨を心に誓ってからこの場に臨んだのである。

まあどのみち俺が勝てばアルカディアも少しは落ち着くだろうしな。

一石二鳥というやつだ。

「まずは臆せずこの場に立ったことを褒めてやろう」

「そっちもな。俺は割と頑張る子だから覚悟しておけよ」

「ふ、戯れ言を。ならばその頑張りとやらが、まるで意味をなさないということを身を以て教えてやる」

ぶんぶんと軽快に槍を振り回し、アルカディアが戦闘態勢をとる。

当然、俺も腰に提げたヒノカグヅチを抜き、片刃のもっとも抜剣が速い構えをとった。

そして。

——ごーんっ！

「「——っ！」」

試合開始の合図とともに、俺たちは揃って地を蹴ったのだった。

◇

「はああああああああああああああああっ！」

——がきんっ！

「うおっ⁉」

さすがは聖女といったところだろうか。

技の速さ、威力、切り替えの判断など——全てにおいて彼女は高次元の技量を持っていた。

恐らくはその実力たるや、同じ聖女であるエルマよりも上。

そりゃ自信過剰にもなるだろう。

「おらあっ！」

「甘い！」

——どごっ！

「ぐはあっ⁉」

柄の横薙ぎに身体をくの字にされ、ずざざっと俺は地面を転がる。

何せ、ヒノカグヅチの変則攻撃にも即座に対応してくるほどだ。

あきらかに今までの相手とは格の違う絶対的強者。

これが《神槍》のレアスキルを持つ聖女の力、か……。

「……何がおかしい？」

上体を起こそうとしていた俺に、アルカディアが訝しげに眉を顰めて問う。

どうやら知らないうちに笑みがこぼれていたらしい。

「いや、嬉しいんだよ」

「嬉しい、だと？」

「ああ。君みたいに強いやつに会えたことがな」

そして、と俺の身体から炎が溢れ出す。

「俺がまだまだ強くなれることがな！」

——ごうっ！

「なっ⁉　その形状は……っ⁉」

さぞかし驚いたことだろう。

アルカディアは愕然と固まっていた。

当然である。

だって俺の手にしていたのは、両手で構える長柄の武器。

そう——〝槍〟だったのだから。

消息を絶ったドラゴンスレイヤーの代わりに、マルグリドの火山に住むという伝説の守り神――〝ヒノカミさま〟に会いに行くことにしたあたしは、暑さでダウンした豚男……もとい荷物持ちの男性を宿に残し、一人神殿へと向かっていた。

この神殿は元々《火耐性》のサブスキルを得るためのものだったらしいのだが、ヒノカミさまの復活後は彼（？）を祀るためのものへと改装中だという。

そして神殿の入り口には巫女装束の女性――カヤがおり、彼女が案内役を務め、あたしをヒノカミさまのもとへと導いてくれたのだが、

「……嘘でしょ」

思わず素の口調が飛び出るあたし。

だがそうなるのも当然であろう。

何せ、カヤに案内された場所は、真下に煮え滾(たぎ)るマグマの見える巨大な縦穴(たてあな)だったのだから。

「あ、あの、本当にこの中にヒノカミさまがいらっしゃるのですか……？」

「はい、そう伺(うかが)っております」

「へえー……」

って、いやいやいやいやいや!?

真顔(まがお)で何言ってんのよ、この女!?

え、あたしにここに飛び込めっての!?

聖女殺す気!?

「……」

とりあえず祭壇から身を乗り出してみる。

その瞬間、ぶわっと尋常(じんじょう)ではない熱気があたしの顔を炙(あぶ)っていった。

いや、無理無理無理無理無理!?

こんなの聖女がどうとかいうレベルじゃないでしょ!?

もしこの中に飛び込めるようなやつがいるとしたら、そいつはよっぽどの馬鹿(ばか)か、もしくは人間やめちゃってるちょっとやばいやつの二択しかないわよ!?

てか、聖女としてヒノカミさまに会いに来たとか言っちゃった以上、何かしらそれっぽいことをしないといけないじゃない!?

どうしてくれるわけ⁉

いや、あんたのせいじゃないんだけど⁉

「くっ……」

でもこうなったら適当に誰かと会話している的な体でごまかすしかないわ！

幸い、あたしは聖女なわけだし、一般人のカヤにはわからないはず！

よし！　と頷き、あたしの華麗な演技を披露してやろうと思ったのだが、

「ところで、聖女さまのお耳には入れておこうと思うのですが……」

ふいにカヤがそんなことを言い出し、あたしは「？」と小首を傾げる。

すると、カヤは周囲に人気のないことを確認した後、小声でこう告げてきた。

「実はヒノカミさまにはその御使いとなられた方がいらっしゃいまして、確かにここにヒノカミさまがいらっしゃるにはいらっしゃるのですが、皆さまの仰っているヒノカミさまは、その御使いの方のことなのでございます」

「……はい？」

え、どゆこと？

「えっと、つまり雄々しく空を翔たり、アダマンティアを退けたりしたのはその御使いの方ということでしょうか？」

「左様にございます」

「へえー……」

じゃあなんであたしはわざわざこんなクソ暑い場所にまでやってきたのよ!?

こんなことならあの豚と一緒に宿で寛いでいればよかったじゃない!?

てか、今頃絶対一人で温泉を堪能してるわよ、あの豚!?

「ち、ちなみにその御使いさまはいずこに?」

「はい、あのお方はさらなる研鑽を積むために、ここより東にあるラスコラルタ大陸の武術都市――レオリニアへと向かわれました」

「ラスコラルタ大陸のレオリニア……」

もうそれどこなのよぉ～……。

「とても素敵な方でした……（ぽっ）」

そしてあんたの好みなんて聞いてないわよ!?

無駄に頬まで染めちゃっていやらしい!?

大声で突っ込みたくなる気持ちを懸命に堪えつつ、最後にあたしはこう尋ねたのだった。

「ところで、〝ドラゴンスレイヤー〟というお名前にお心当たりはございませんか……?」

「いえ、どちらさまでしょうか?」

「……」

でしょうね!

13章　俺の子種が欲しい!?

俺の派生スキル——《体現》は、過去に蓄積したダメージからスキルを模倣するというものだった。

だから俺はエルマの代わりに受けたダメージで、《疑似剣聖》を習得した。

その俺が何故槍術を使えるようになったのか。

答えは単純だ。

そう——〝アルカディアに受けたダメージから彼女のスキルを模倣した〟のである。

恐らくはまたスキルが派生……いや、〝進化〟したのだろう。

過去に蓄積したダメージではなく、現在受けたダメージからスキルを模倣するものへと。

つまり俺は誰かと戦えば戦うほど、戦った相手に受けたダメージで、その者の技量とスキルを自分のものにすることができるのである。

ならば今の俺の状態を表す言葉は一つしかないだろう。

そう──〝疑似神槍(しんそう)〟。


聖女アルカディアが現状持つ力の全(すべ)てが、俺の槍術として習得されたのである。

もちろん今の彼女は聖槍(せいそう)を所持(しょじ)している状態ではないので、本来の力というわけではない。

だが。


──がきんっ！


「くっ、何故だ⁉　何故槍術で私が後(おく)れを取る⁉　私は《神槍》の聖女なのだぞ⁉」

「そうだよな。理解できないよな。でもこう言えばわかるだろ？」

がんっ！　と互いに弾(はじ)かれ合うも、直後に大地を陥没(かんぼつ)させながら再び刺突(しとつ)でぶつかり合う。

双方全力で技(わざ)を放ってはいるが、押しているのは俺の方だった。

「まったく同じ力量なら──体格と属性で上回る俺に分(ぶ)があるのは当然だッ！」

　――どがんっ！

「ぐあっ⁉」

　今度はアルカディアの方が地面をごろごろと転がる。

　そして信じられないとばかりに愕然としながら、アルカディアは必死に上体を起こそうとしていた。

「この私が、聖者でもないただの男に敗れるというのか……っ⁉」

　だから俺は告げる。

「確かに俺は聖者じゃないし、君みたいなレアスキルも持っちゃいないただの一般人だよ。でもな、俺はその聖者……いや、〝聖女〟に虐げられたことでこの力を手に入れた。ずっと耐え続けてきたからこそ、ただの一般人だったにもかかわらず、聖女の君すら上回る力を手に入れることができたんだ」

「何を、言っている……っ⁉」

「つまりあれだ。君は聖女の自分には敵わないと言ったが、頑張り次第ではどうにかなるかもしれないってこった。だから言っただろ？　俺は〝割と頑張る子〟だってな」

「くっ……」

　槍を杖代わりにしながら、アルカディアがよろよろと立ち上がる。

　勝敗はすでに決しているはずなのだが、彼女の目はまだ諦めてはいないようだった。

ざんっ！　と槍を地面に突き刺し、アルカディアは深く呼吸をして言った。

「……いいだろう。認めてやる。お前は確かに強い。だからこそ私も本気でお前に力の全てをぶつけてみたくなった」

そして彼女が天に右手をかざすと、目映い輝きがそこに集束し始め、徐々に長柄状の何かへと変化していった。

「ここから先は武神祭とは無関係。完全に私の独断専行だ。ゆえに優勝の座はお前にくれてやる。だが聖女としての敗北までは認めるつもりはない！」

「あれは……」

ずっとエルマと一緒にいたからわかる。

あの荘厳な輝きは聖剣と同質のもの。

——聖槍。

この世に七つしかないという古の賢者の遺物だ。

だがそんなものをここでぶっ放したりすれば、俺の後ろにいる観客たちも巻き添えを食ってしまうことだろう。

たとえ俺が受け止めたとしても、だ。

「お、おい、やめろ!?　観客を殺すつもりか!?」

「ならばお前が止めてみせよッ！　我が全霊の一撃をなッ！」

「くっ……」

これだから聖女ってやつは……っ。

唇を噛み締めながらも、ならばと俺は天高く跳躍する。

刹那。

「――食らえッ！　星をも穿つ我が聖槍の一撃をおおおおおおおおおおおおおおおおおおおおおおおおおッッ!!」

アルカディアの手から聖槍が投擲された。

――どばああああああああああああああああああああああああああああああああんっっ!!

「――うぐっ!?」

凄まじい衝撃波とともに激しい閃光が俺ごと東の空へと駆け抜けていく。

それはまるで本当に星をも粉砕するのではないかというくらい強力無比な一撃だった。

「ぐ、が……っ!?」

《不死鳥》のスキルですら再生が追いつかないほどの攻撃だったのだ。

が。

――ごごうっ!

「――なっ!?」

途中で光を食い破るかの如く火の鳥化した俺が外に飛び出し、未だ投擲したままの体勢で固まっていたアルカディアのもとへと一直線に突っ込んでいく。

そして。

「この――馬鹿聖女があああああああああああああああああああああああああああッッ!!」

――ずばああああああああああああああああああああああああああああああああんっっ!!

「ぐ、ああああああああああああああああああああああああああああああああああっっ!?」

俺の炎がアルカディアを焼き尽くしたのだった。

◇

こうして武神祭（アラストル）は多少のアクシデントがあったものの、俺たちラフラ武器店の優勝で幕を閉じた。

アルカディアが最後にやったことは到底（とうてい）許されることではないと思うのだが、盛り上がりまくっていた観客たちにとっては最高の演出だったらしく、とくに罪に問われるようなことはなかった。

まあガンフリート商会が色々とごねた挙げ句、俺たちを闇討（やみう）ちしようとした疑惑が明らかになって叩（たた）かれまくったことはさておき。

旅立ちの朝を迎えた俺は、名残惜（なごりお）しくもラフラ武器店の前でフィオちゃんたちと別れの挨拶（あいさつ）をしている最中だった。

「本当に、本当にありがとうございました！　このご恩は一生忘れません！」

「あはは、こちらこそありがとう、フィオちゃん。俺が優勝できたのは、フィオちゃんがずっと俺を応援し続けていてくれたおかげだよ」

「い、いえ、そんな……」

真っ赤な顔で俯（うつむ）くフィオちゃんの頭を撫（な）で、俺はレイアさんにもお礼を告げる。

「レイアさんもお世話になりました。それであの、本当にこれをもらっちゃってもよかったんですか?」

腰のヒノカグヅチを見やりながら言う俺に、レイアさんは大きく頷いて言った。

「もちろんさ。あんたはきちんと約束を果たしてくれた。その礼ってわけじゃないけど、そいつはあんたに持っていてほしいんだ」

「レイアさん……。――わかりました。じゃあこの魔刃剣ヒノカグヅチは、俺が大切に使わせていただきます」

「ああ、そうしてくれると嬉しい。なんたってこの町一番の鍛冶師――ラフラの妻レイアの最高傑作だからね」

にっと歯を見せて笑うレイアさんに、俺も笑顔で頷いたのだった。

「ええ。これからも最高の鍛冶師夫妻として、皆を守るための武器を作り続けてください」

「ああ、もちろんだよ」

◇

と、そこまではよかった。

ガンフリート商会も散々脅しておいたので、二人の今後もひとまずは安心――見事なハッピ

－エンドである。

そのはずだったのだが、

「……あの、なんでついてきてるんだ？」

俺は先ほどから延々と俺のあとをついてくるアルカディアをちらりと見やって尋ねる。

すると、アルカディアはさも当然とばかりにこう言ってきたのだった。

「決まっているだろう？　お前の〝子種〟をもらうためだ」

「……なるほど。俺の子種を……って、子種!?」

いや、何言ってんのこの人!?

14章　嫁希望の聖女

俺の子種をもらうとは一体どういうことなのか。

とりあえず詳しい話を聞くため、俺たちは隣町へと続く街道沿いの木陰で休息を取ることにした。

もちろんスタミナが無尽蔵の俺に休息は必要ないのだが、さすがに歩きながら聞く話じゃないからな……。

てか、子種って……。

「……それで、一体どういうつもりなんだ？」

半眼を向けながら問う俺に、アルカディアは相変わらず涼しげな顔で小首を傾げる。

「どう、とは？」

「いや、だからさっきの……子種、的な？」

「ああ、それか。であればそのままの意味だ。私はお前の子を孕もうと考えている。以上だ」

「な、なるほど……って、いやいやいやいやいや!?　何が〝以上だ〟なんだよ!?　君は自分が何を言ってるのか本当にわかってるのか⁉」

慌てふためく俺に、しかしアルカディアは不思議そうな顔をする。

「当然だ。なんの問題がある？　お前は聖女である私に勝った。今までに一度の敗北も喫したことのない私を真正面から打ち負かしたのだ。ならばもうお前の嫁になるしかないだろう？」

「え、何その超理論⁉　親御さんが聞いたら泣くぞ⁉」

「ふ、その点は問題ない。我が父も死闘の末、母を力尽くで手に入れたからな」

「ええ……」

どういう家系なんだよ……。

思わず頭痛を覚えそうになる俺だったが、どうやら理由はそれだけではなかったらしい。

いつも涼しげなアルカディアにしては珍しく、「それにな」と少々顔を赤らめて言った。

「お前は私の〝全てを模倣した〟と言っただろう？」

「え、まあ……」

「それはつまり――〝私の全てを丸裸にした〟ということにほかならん」

……えっ？

「ゆえにお前は責任を取らなければならない。私を傷物にした責任をな」

そう言って、恥ずかしそうに自分の肩を抱くアルカディア。

え、ちょ、どゆこと!?

「ちょ、ちょちょちょっと待て!? お、俺が模倣したのは君の〝スキル〟と〝技術〟であって、別に君を丸裸にしたとか、そういうことじゃないんだぞ!?」

「何を言う。その模倣は私の攻撃から肉体の鍛え具合を通して技の全てを解析するものだろう? ならば隅々まで見られたのと同じではないか」

「い、いや、でも……」

「純潔かつ婚礼前の女の身体を好きにしておいて、よもやなんの責任も取らんとは言わぬよな? 私はお前をそういう軽薄な男ではないと見込んで言っているのだぞ?」

「う、ぐぅ……」

そこで良心に訴えかけるとは卑怯な……っ。

「まあそう心配するな。私とお前の子ならば、必ずや世に名を轟かせる傑物となろう。それにこれでも私は意外と家庭的な女だ。料理はできんが肉は焼ける。洗濯も濡らして干せばそのうち乾く。ほら、完璧だろう?」

「家庭的とは一体……」

どや顔でその豊かな胸を張るアルカディアの姿に、俺は一人、意識が飛びそうになっていたのだった。

ともあれ、今すぐ嫁にするのはさすがにちょっとということで、とりあえずお友だちから始めようと提案したところ、しぶしぶ〝嫁（仮）〟で我慢してくれた。

いや、もうそれ完全に嫁じゃんという気がしなくもないのだが、「これ以上は譲れん」と可愛らしくそっぽを向いてくれやがったので、仕方なくそうしたのである。

しかしエルマの時もそうだったが、何故聖女というのは皆我の強い子ばかりなのだろうか。

いや、むしろ我が強いからこそ、世界のバランサーとして折れずに頑張れるということなのかもしれないが……。

◇

と。

「ところで、お前に一つ謝らねばならないことがある」

「うん？　なんだ？」

ふいにそう切り出してきたアルカディアに、俺は小首を傾げる。

すると、アルカディアは申し訳なさそうな顔でこう謝罪してきた。

「その、決勝ではすまなかったな……。お前が止められなかった場合は、直前で攻撃を霧散させるつもりだったのだが、観客たちを巻き込んでしまったことに変わりはない。冷静さを欠いた私の失態だ」

「ああ、そのことか。確かにあの時は何を考えてるんだって頭にきたけど、きちんと反省しているのなら別に責めるつもりはないよ。だからまああれだ。気にするな」

「すまない。そう言ってもらえると助かる。二度と繰り返さないことをここに誓おう」

「おう、了解だ」

俺がそう微笑みながら頷くと、アルカディアもまた口元を綻ばせる。

そうして俺たちのわだかまりが一つ取れる中、アルカディアは言う。

「それで、これからどこへ向かうつもりだったのだ?」

「ああ、それなんだけど、俺はやっぱり人の笑顔を見るのが好きみたいでな。今まで君がやってきたことと似たようなことをしていこうと思ってるんだ」

「ふむ、なるほど。つまり各種武術大会を総ナメということだな?」

え、君そんなことしてきてたの!?

聖女の役目はどうした!?

思わず突っ込みを入れたくなる気持ちを懸命に堪えつつ、俺は努めて冷静に言う。

「い、いや、そうじゃなくて……。困ってる人の力になったり、魔物の被害に怯えている人たちを助けていきたいってことだよ」

「ああ、そういうことか」

むしろほかにどんなことがあるのだろうか……。

「なるほど、承知した。夫の夢を支えるのもよき妻の務めだからな。我が聖女の力、己がものとして存分に扱うがいい」

「あ、ああ。ありがとう、アルカディア」

でも人前で〝夫〟とか〝妻〟とか言うのは正直やめてね？

一応まだお友だちというか、嫁（仮）なんだから。

内心俺がそんなことを考えていると、「ところで」とアルカディアが何やら身体をもじもじさせてこう言ってきた。

「その、私の名に関してなのだが……」

「あれ？　もしかして〝アルカディア〟が本名じゃないのか？」

「いや、私の名は〝アルカディア〟で間違いない。ただそれでは少々他人行儀すぎると思ってな」

「そ、そうかな？」

むしろ俺にしては珍しくいつの間にやら呼び捨てにしていたので、どちらかと言うと距離感は近いように思えるのだが……。

「うむ。婿であるお前には、もっと親しみのある名で呼んでほしいのだ」

「え、えっと、じゃあ……アルカ？」

その瞬間、アルカディアの顔がぱっと明るくなる。

「うむ、それがいい！　では今から私のことは〝アルカ〟と呼べ。もちろんお前以外には絶対に呼ばせん。お前だけが呼べる、お前にしか呼べない特別な名だ」

「お、おう、わかった。じゃあこれからよろしく頼むよ――アルカ」

「ああ。こちらこそ末永く頼むぞ、イグザ。何せ、私はお前の〝嫁〟だからな」

「い、いや、まだ（仮）だからね？」

そう念押しするように告げるも、上機嫌なアルカはどこ吹く風なのであった。

15章　俺の嫁（仮）の生い立ちがやばい

新たに嫁（仮）ことアルカをパーティーに加えた俺は、ともにレオリニアから北の山岳地帯へと向かっていた。

アルカの話によれば、ここから北に行ったところにある城塞都市——〝オルグレン〟は常に魔物からの攻撃に晒されているらしく、常にこれの討伐クエストを受注してくれる冒険者たちを心待ちにしているという。

しかしオルグレンを襲う魔物たちはとにかく強力な個体が多く、冒険者の死亡率も高いことから、クエストの多さに反比例するかのように受注者が少ないらしい。

「てか、そんな情報を知ってたんならなんで行かなかったんだ？　君は聖女さまだろ？」

「ふむ、確かにそうなのだが、私は親の意向もあってか、基本的に対人戦にしか興味がなくてな。魔物は襲ってきた時か食う時くらいしか相手にしてこなかったのだ」

そうだった。

この人、聖女の役割を放置して各種武術大会を総ナメにしてたんだった。

思わず手で顔を覆(おお)いつつ、俺は彼女に問う。

「そういえば、さっきも親御(おやご)さんが死力を尽くして夫婦になったたって言ってたけど、もしかしてそういう風習がある地域の生まれなのか？」

「ああ、そうだ。私の生まれた村は何故(なぜ)か女しか生まれない不思議な村でな。深い森の中にある隠れ里のような所だったのだが、それゆえに村人たちは皆男勝りというか、戦士のような感じだったのだ」

「あー……」

なんだろう。

妙に納得してしまった自分がいる。

そりゃ家庭的もワイルドになるわ……。

しかし〝女しか生まれない村〟か……。

「でもそれじゃ子どもは作れないだろ？　一体どうしてたんだ？」

「うむ、そこで我らの一族は年に一度森を出て伴侶(はんりょ)を探しに行くのだ。自分を倒せるくらい強い男と夫婦(めおと)になるためにな」

「なるほど。だからアルカの親御さんもそうして出会ったと」

「ああ、そうだ。だが村は男子禁制。ゆえに夫婦(めおと)となった者たちは森の外にある別の村で暮らし、赤子が三つになった時に母親とともに森へと戻ってくる」

「え、お父さんは？」

「当然、父親は森の外の村で暮らしたままだ。赤子は母親から十年の時をかけて教育を施され、新たな村の戦士となる。その時になってはじめて母親は役目を終え、森の外にいる父親のもとに行くことを許されるのだ」

「そ、そうなんですね……」

思わず敬語になってしまう。

まさかそんなしきたりの村があるとは思いもしなかった。

十年も奥さんと娘さんに会えないなんて、お父さんもよく我慢できるな……って、うん？

しかしそこで俺はふと思う。

俺の嫁になりたがっているアルカがその村の出だということは、仮にそれが叶ったとしても、俺たちもその掟に従わなければならないのだろうか、と。

「ふふ、心配するな」

「えっ？」

だが俺がそういった杞憂を抱くことは彼女も予想済みだったようで、アルカはその怜悧な容貌に笑みを浮かべて言った。

「私は聖女としての定めを持って生まれし者。ゆえに村の掟からは外れている。たとえ子を生したところでそれは変わらぬだろう」

「な、なるほど」

別にまだ彼女と夫婦になると決めたわけではないのだが、それを聞いてほっとしている自分がいるのも事実だった。

男心は複雑である。

が。

「いや、だが聖女である私とそれを打ち負かしたお前の子だからな。さぞかし優秀な戦士になるだろうし、是が非でも血筋を残したいと長たちが躍起になる可能性が割とあるかもしれん」

「ええ……」

じゃあやっぱりダメじゃねえか……。

そんなこんなで日も沈みかけ、俺たちは近くの村で宿をとることにしたのだが、

「——おい、何故部屋を別々にする必要がある?」

聖女さまからまさかの〝待った〟がかかってしまった。

そりゃ仮にも年頃の男女なのだから、同じ部屋で寝るのは色々とまずいだろと説明したものの、「何を言う。私たちは夫婦となるべくして生まれ落ちた者同士だぞ？」とわけのわからない理屈でぐいぐい迫られ、結局同じ部屋で寝ることになってしまった。

部屋が一つしかないから野宿してこいと罵声を浴びせてきたエルマとは大違いである。

まあ、だからといって「じゃあ一緒に寝るわよ」とか言われても正直困るのだが……。

ともあれ、一応ベッドは二つあるし、心を無の境地に飛ばしておけばきっと大丈夫だろう。

たとえアルカが寝間着なのかも怪しいめちゃくちゃ薄い恰好で下着も身につけずに俺のベッドに入ってきたとしても、だ。

そう、俺はできる子である。

頑張れ俺、負けるな俺。

「ふむ、温かいな……」

「～っ!?」

むにゅり、と彼女の豊満なお胸が俺の背中に押しつけられ、手もなく理性の壁に亀裂が走る。

カヤさんの時もあれはあれでやばかったが、あの時は色々と事情が複雑だったからな。

なのでなんとか冷静さを保つことができたわけだが……。

「ん～……」

――すりすりすりすり。

これはちょっと無理かもぉ～っ!?

てか、なんでそんな顔を擦(こす)りつける感じで甘えてきちゃってるのぉ～!?

だからお部屋を分けようって言ったのにぃ～!?

色々な我慢が限界に達し、一人泣きそうになる俺だったのだが、

「……お前には感謝しているんだ」


「えっ……？」

ふいにアルカがそう小声でささやき、すっと頭が冷静になる。

そして、彼女は俺の背に額(ひたい)をくっつけたまま言った。

「……私は強く在(あ)らねばならなかった。聖女とはそういうものだと常々(つねづね)教え込まれてきたからだ。だから決して誰にも負けまいと、今までただひたすらに強くなることだけを考えて生きてきた」

だが、とアルカは少々声のトーンを落として続ける。

「同時に負けることが怖くもなった……。だってそうだろう？ 〝弱い聖女に価値はない〟と、ずっとそう言われ続けてきたのだ。もし負けて価値がなくなってしまったら、この先私は一体何を支えにして生きていけばよいのか……それがわからなかったんだ……」

「……」

「でも全力を出し切ってお前に負けた瞬間、なんと言うのだろうな……すっと肩の荷が下りたような気がした。聖女である私を打ち負かし、しかも叱りつけてくれたこの男ならば、きっと弱い私でも受け入れてくれると思ったんだ」

「……そっか。だから君は……」

「ああ。――お前の子種をもらおうと思った」

「……うん？」

いや、違うだろ!?　と俺は慌てて上体を起こし、声を張り上げた。

「そこはなんかもっとこうあるでしょ!?　この人と一緒に歩いていきたい的な!?」

自分で言うのもどうかと思うけど!?

「いや、そうかもしれんが、なんかこう子宮がきゅんきゅんしてしまってな？　いやはや、困ったものだ」

「え、どこをきゅんきゅんさせてるの!?」

俺がそう突っ込みを入れるも、アルカは「はっはっはっ、まあ細かいことは気にするな」と鷹揚に笑っており、なんとも楽しそうなのであった。

《聖女パーティー》エルマ視点5：いや、なんで使命感を出しちゃったのよ……。

あたしは人知れず頭を抱えていた。

まさかこんなことになろうとは予想だにしていなかったからだ。

話は少々前へと遡(さかのぼ)る。

火山島マルグリド以降の消息を掴(つか)めなくなったドラゴンスレイヤーの代わりに、あたしはヒノカミさまの御使(みつか)いなる人物を捜すため、船でラスコラルタ大陸へと渡ろうとしていた。

ただマルグリドから直接航路が繋(つな)がっていなかったため、あたしたちは一度港町ハーゲイへと戻り、そこからラスコラルタ大陸を目指すことにしたのだが、ここで一つ大きな問題があった。

――そう、あの豚男(ぶたおとこ)こと荷物持ちの処遇をどうするかである。

雇(やと)った当初は馬鹿(ばか)イグザがいなくなった直後のことだったので、そっちの方にばかり意識が向き、豚男のことなどまったく気にも留めていなかった。

正直、荷物さえ持ってくれれば誰でもよかったからだ。

だが時間が経てば経つほどに、あの男の暑苦しくて無神経な部分が目につくようになってきたのである。

聖女のあたしを差し置いて一人だけ水分補給するわ、聖女が足を使って聞き込みをしてるのに宿でへばってるわ、とにかく尋常じゃない汗をかくわ、イビキはうるさいわ、足は臭いわ、鼻毛は出てるわでもう限界である。

幸い、ヒノカミさまの御使いとやらは遠くの大陸へと行ってしまったので、あたしはそれを理由に彼を解任しようと考えていた。

というわけで、ハーゲイに戻ったあたしはその旨を彼に伝えた。

これから先の旅路はいつ故郷に帰してあげられるかもわからないので、現地の荷物持ちを雇うことにしようと思う、と。

するとどうだ。

こともあろうに、あの豚男はこう答えやがったではないか。

「いえ、私は聖女さまの気高き理想とその慈しみの心に深く感銘を受けました。ゆえにこのポルコ——世界の果てまでお供させていただきます！」

……はっ？

いやいやいやいや⁉

なんでそこで変な使命感を出しちゃってんのよ⁉

あたしはあんたをクビにしたくてたまらないって言ってんの⁉

ちょっとは空気を読みなさいよね⁉

てか、あんた〝ポルコ〟って名前だったわけ⁉

ぶっちゃけ今知ったんですけど⁉

当然、あたしは彼の言う慈しみの心を全開にした感じの体で言った。

「いえ、ですがあなたにもお帰りを待つご家族がいらっしゃるはず。きっと今もその身を案じておられることでしょう」

だから今すぐその荷物をまとめてさっさと帰りなさいよね！　と。

——そして現在。

「いやぁ、やっぱり船旅はいいですなぁ！」

「そ、そうですね」

はい、帰りませんでした。

普通にあたしの隣で船旅を満喫してます。

もうあれだわ。

ちょっとマジで不慮の事故的なのを考えようかしら……。

はあ……。

16章 〝杖〟の聖女が厳格すぎる!?

翌朝。

俺たちは当初の予定通り、城塞都市オルグレンに向けて出発したのだが、

「あ、あの、ちょっと近すぎないかな……？」

「何を言う。実に適切な距離感だぞ」

――ぐいっ。

さっきからずっとアルカが嬉しそうに腕を組んできてるんですよね……。

おかげですれ違う人たちからの視線が妙に痛いのだが、何も舌打ちしたり泣いたりすることはなくない？

そりゃ確かにアルカは超がつくほどの美人さんだけどさ……。

――ぷすっ。

おい、今毒針撃ってきたやつ誰だ？

「しかし昨夜は実に有意義な時間であった。まさかあんなにも激しく求められるとはな」

「あの、誤解を生みそうな発言はやめてくれないかな……？　俺は別に何もしてないだろ……」

「ほう？　寝惚けて人の胸に顔を埋めてきておいて何もしていないだと？」

「うぐっ……。そ、それは……」

事故です。

あれは事故だったんです……。

でもすげえ柔らかくていい匂いでした……。

「まあおかげで私も愛しい男の頭をなでなですることができたので大満足なわけだが、これはもう嫁（仮）も卒業だな」

「いや、卒業はまだもうちょっと先じゃないかな……」

「ふふ、まあそういうことにしておいてやろう。さて、何日目で卒業となるか見ものだな」

「えっ？」

もしかして毎日一緒に寝るつもりなの!?

◇

俺はこれから一体どうなってしまうんだと悩んでいるうちに、俺たちは件の城塞都市オルグレンへと到着する。

オルグレンは山を丸々一つ削って造られた山岳都市で、城下町を守るやたらと高い円形の城壁のほか、上の方にある城の周りにも城壁が張り巡らされている。

城門は北と南の二カ所のみで、それぞれに跳ね橋が設置されており、緊急時はこれを上げて籠城するという。

そしてこのオルグレン最大の特徴は、町の北側に築かれた、東西に長く伸びる巨大な壁――通称〝大北壁〟だ。

この大北壁が守りの要となって、北の山から絶えず侵攻しようとしてくる魔物どもを防いでいるというわけである。

まさに城塞都市――圧巻の光景だ。

ともあれ、とりあえずアルカは聖女なので、城主さまに挨拶をしておこうと思う。

その方がこの町での活動もしやすそうだからな。

というわけで、俺たちは大通りを抜けてオルグレン城を訪れる。

すると、玉座に腰かけていた嫋やかな感じの女性が喜びの声を上げてくれた。

どうやら彼女がここの城主さまらしい。

「よくぞお越しくださいました、聖女アルカディアさま。あなたさまのご来訪を心より歓迎いたします。申し遅れましたが、私の名はフレイル。夫であり先王――ジークルド亡き後、このオルグレンの城主を務めております」

「ああ、よろしく頼む。我が婿（仮）の要望でな。魔物どもを根絶やしにしに来た」

「……婿？」

ちょっ!?

「お、おい、そういうのは人前で言わない約束だろ!?」

「いや、だがこういうことはきちんと主張しておくに越したことはないだろう？　どこに泥棒猫がいるとも限らんのだからな」

え、なんの警戒をしているの!?

ここにいるのなんて、確かに美人だけど旦那さんを亡くした城主さまと、屈強な衛兵たち、それから――。

「……うん？」

そこで目に留まったのは、どこか神秘的な輝きを放つ杖を手に佇む一人の女性だった。

たぶん年齢は俺たちと同じか、一つ上くらいだろう。

艶やかな金のストレートヘアと、右目の下の泣きぼくろが特徴の清楚な美女である。

スタイルも豊満そのもので、もしかしたらアルカよりも胸が大きいのではないだろうか。

というか、確実にでかい。すごい。

ただあの全身真っ黒で厳かな服装を見る限り、女神信仰の教徒――つまりはシスターさんのように見えなくもないのだが、一体何者なのだろうか。

――じとー。

「おい、どこを見ている？　早速浮気か？」

「ち、ちげえよ!?　てか、まだ付き合ってもいないだろ!?　……って、そうじゃなくて、ただあの人の杖が少し気になったんだ」

「ほう？」

俺の視線を追ったアルカが、何かに気づいたらしい。

「お、おい、アルカ!?」

彼女はそのまま女性の前へと赴いて言った。


「――お前、〝聖女〟だな？」


「えっ？」

俺が目を丸くする中、フレイルさまが頷いて言う。

「さすがは聖女アルカディアさま。仰るとおりです。彼女の名はマグメル。このオルグレンにて生まれし《無杖》のレアスキルを持つ者。つまりは〝杖〟の聖女です」

「〝杖〟の聖女……」

啞然と呟く俺に、フレイルさまは続ける。

「そして彼女の手にするのは〝聖杖〟。この世界に七つ存在するという古の賢者の遺産――その一つにございます」

なるほど、だからなんとなく既視感があったんだな。

エルマの〝聖剣〟や、今アルカが背負っている〝聖槍〟と似た雰囲気を持っていたから。

しかしまさか同じ時代に三人の聖女が現れようとは……。

オルグレンも絶えず魔物に襲われてるっていうし、俺が知らないだけで、今の世は意外と混沌としているのかもしれないな……。

そう俺が気持ちを暗くしていると、マグメルはアルカを一瞥して言った。

「確かに私は聖女です。ですがあなたのような不埒者と一緒にしないでください」

「ほう？　私が不埒者だと言ったか？」

「ええ、言いましたが何か？　神に選ばれし聖女の身でありながら、男に溺れるなど言語道断。この際なのではっきり申し上げましょうか？　あなたは汚れているだけのただの女です」

「うわぁ……」

当然、どん引きの俺なのであった。

17章 〝杖〟の聖女VS〝槍〟の聖女

「……クックックッ、なるほど。どうやらこちらの聖女さまは随分と人の神経を逆撫でするのが上手いらしい」

いつも飄々とした感じのアルカには珍しく、声に怒気が孕まれていた。

確かに初対面の相手にいきなりただの汚れた女だとか言われたら、そりゃ誰だって頭にくるだろう。

やっぱり聖女ってのは、どこもやべえやつばっかなんだなぁ……。

俺がそう顔を引き攣らせている間も、両者の言い争いはヒートアップしていく。

「おかしなことを言いますね？　私はただ事実をありのままに述べただけです。あなたは肉欲に溺れ、聖女の役割すら忘れて堕落した醜い女だと」

え、さっきよりも酷くなってない!?

てか、そこまで言う!?

すっかり置いてけぼりのフレイルさまなんか、一人でめっちゃおろおろしてるぞ!?

「ほう？　ならばお前はよほど清廉にして潔白なのであろうな？」

「当然です。私は聖女である自分に誇りを持ち、日夜人々の安寧のため、その役割を全うすべく尽力しています。聖女として生まれ落ちた私の生は、全てこの世に生きる人々のためのもの。自らの快楽のために生きているあなたとは違うんです」

「なるほど。聖女は人々の希望ゆえ、自分のために生きてはならないと、お前はそう言うのだな？」

「そうです。ゆえに私はあなたを嫌悪します。わざわざオルグレンの民のために足を運んでくれたことには感謝しますが、あなたとともに戦うつもりはありません」

「そうか。わかった」

そう静かに頷くと、アルカは俺の方を振り向いてこう言った。


「――イグザ、お前に面白いものを見せてやる」


「えっ？」

俺が目を瞬かせる中、アルカは背の聖槍を軽快に取り出す。

まさか戦闘を仕掛けるつもりじゃ!?

「お、おい、アルカ!?」

慌てて止めようとする俺に、アルカは前を向いたまま言った。

「いいから黙って見ていろ。きっと気に入るぞ」

「いや、そう言われても……」

「やれやれ、口で勝てないとわかるや、今度は力尽くですか。あなたは本当に野蛮な人ですね」

はあ……、とうんざりしたようにマグメルが嘆息する中、アルカはにやりと笑みを浮かべたかと思うと、

「——ふんっ」


かつんっ！　と石突きで床を一度小突いた。

しばしの静寂が辺りを包み、俺も（……あれ？　なんも起きないぞ？）と小首を傾げていたのだが、その瞬間は突然やってきた。


——ぶわっ！


『——っ!?』

アルカを除き、その場にいた全員の目が丸くなる。

当然だろう。

何せ、鉄壁の守りを誇っていたマグメルのロングスカートが、突如めくれ上がったのだから。

そして俺は見てしまった。

清廉潔白で男など眼中にないアピールをしていたマグメルの下着が、ガーターベルト付きの透け透けでドエロい感じのものだったということを。

「きゃ、きゃあああああああああああああああああああああああっっ!?」

当然、マグメルは真っ赤な顔でスカートを押さえる。

その姿を見たアルカは、今までのお返しだと言わんばかりに不敵に笑って言った。

「おや？　〝杖〟の聖女さまは随分と布地の薄い下着をお召しになられているようだが、自らの快楽のためには生きないのではなかったのか？」

「あ、あなた……っ」

ぎりっ、と悔しそうに唇を噛み締めるマグメルに背を向け、アルカは言う。

「さて、気も済んだことだし行くとしようか。そしてすまなかったな、城主よ。まあ聖女同士の挨拶だとでも思って水に流してくれ」

「は、はあ……」

「無論、魔物に関しては我々に任せてくれていい。何せ――」

――ぐいっ。

「うおっ!?」

突如アルカに腕を引かれる。

そして彼女は本当に心の底からそうだと確信しているような顔でこう告げたのだった。

「私の愛しい婿（仮）は聖女にも勝る地上最強の男だからな。たとえこの世の全ての魔物どもが相手だったとしても負けはせんよ」

そうして城の外へと出た途端、アルカは噴き出すように笑った。

「はっはっはっ！　いや、しかし見ものだったな！」

「見ものって……。城主さまはまだしも、向こうの聖女血管切れそうな顔してたぞ……」

玉座の間から立ち去る間際、「聖女アルカディア！　あなただけは絶対に許しません！　覚悟しておきなさい！」とぶち切れていたマグメルを思い出し、俺は顔を引き攣らせる。

すると、アルカは少々拗ねたように頰を膨らませて言った。

「だってあいつは私たちの仲を〝汚れている〟と言ったのだぞ？　そんなの悔しいではないか……」

「えっ？　じゃあもしかしてそれで……」

怒ってくれたというのだろうか。

やべえ、どうしよう。

なんかちょっと抱き締めたい気持ちに駆られてしまったではないか。

「あっ……」

だがそうするとアルカが調子に乗りそうなので、俺は精一杯感謝の気持ちを込めて、彼女の頭を撫でてあげた。

「ありがとな。その気持ちはとても嬉しいよ」

「……うむ」

――なでなでなでなで。

「「……」」

いや、気まずいわ!?

なんか言ってくれよ!?

ついに耐えられなくなった俺は、撫でるのを止めようとする。

が。

「ま、待ってくれ。もう少しだけ頼む……」

「お、おう……」

アルカにそう上目遣いされ、俺はしばらくの間、彼女の頭を優しく撫で続けていたのだった。

18章　俺の正妻はとってもいい女

そんなこんなで色々と気まずさを残したままアルカと宿へ向かった俺は、今度こそ部屋を分けようと思ったものの、彼女の甘えてくるような視線に耐えきれず、結局二人用の部屋をとってしまった。

しかもどうせ同じベッドで寝るのだからと、大きめのベッドが一つだけある部屋を、だ。

なんか割とマジで嫁（仮）の卒業が近づいている気がするのだが、俺の人生はそれでいいのだろうか。

まあ……うん。

それもありかなぁと思いつつある自分がいます。はい。

ともあれ、俺は先ほどから気がかりだったことを彼女に問う。

「そういえば、どうしてマグメルの下着があんな感じだって知ってたんだ？」

「うん？　ああ、あれはただの直感だ」

「直感!?」

え、そんな当てずっぽうでやったの!?

驚く俺に、アルカは頷く。

「うむ。だがただの直感ではないぞ。いわゆる〝女の勘〟というやつだ」

「女の勘……」

いや、それ直感とあんまり変わらない気がするんだけど……。

「そうだ。言葉を交わしてわかったが、あの女は常日頃からああやって自分を抑え込んで生きている。自分は聖女なのだからと必死に言い聞かせてな。どこかで聞いたような話だとは思わないか?」

「うん。以前までの君と似ている気がするよ」

俺がそう頷くと、アルカはふっと口元を和らげて言った。

「まあ私の場合は〝強く在ること〟が聖女の価値だと思い込んでいたからな。あの女とは方向性が大分違うし、自分の力を誇示し続けることでストレスも発散できていた」

「確かに。おかげで各種武術大会を総ナメだったんだろ?」

「うむ。実にいいストレスの捌け口だったぞ」

まあ、ぼこられた方からしたら堪ったもんじゃなかっただろうけどな。

「だがあの女は違う。聖女として正しく在ろうとしすぎているがゆえ、そぐわぬものをとにかく排除し続け、我慢に我慢を重ねてしまった。しかし聖女とてただの人間。しかもまだ二十歳やそこらの女とくれば、いずれ我慢にも限界がくる。その結果があれだ」

「な、なるほど……」

　つまりあまりにも聖女らしく在ろうとしすぎたため、逆に隠れて聖女らしからぬことをするのに目覚めてしまったということだろうか。

　たとえばああいうエロい下着を穿きながら聖女活動をする快感的な――。

「って、いや、それただのMじゃん!?」

「うむ、まあそういうことだ。私にも少々その気があるのでビビッときたのだが、あの女はあやって人知れず露出することでストレスを発散しているのだろうさ」

「な、なんということでしょう……」

　思わず敬語になるほどの衝撃である。

　てか、地味に自分もちょいMでした告白をするのはやめなさいな。

　あと女の勘をなんてものに使ってるんだ。

　ドM発見器じゃねえんだぞ。

「よく考えてもみろ。まさか人々の希望たる聖女が娼婦のような下着を身につけているとは思わんだろう?」

「た、確かに……」

　慈愛の微笑みの下で興奮しながら透け透けの下着を身につけてるとか、もうなんかそれはそれでこっちの方が興奮してくるわ。

　下があれならきっと上も凄いことになってるだろうし。

「くそっ、なんてけしからん聖女なんだ……っ」

「その割には随分と嬉しそうだな、婿（仮）」

「そ、そんなことないよ？」

　俺が目を逸らしながら否定していると、アルカは嘆息交じりに言った。

「ともかく、今後あの女が絡んできた時は少々強引にいった方がいいだろう。潜在的にはMなのだ。恐らく押しにはめっぽう弱いのではないかと私は考えている」

「わ、わかった。じゃあもしその時が来たら、アルカの意見を参考にさせてもらうことにするよ」

　まあどう強引にいけばいいのかはまったくわからないんだけど。

「うむ、そうするといい。その方がきっとあの女のためにもなるだろうからな」

　ふっと再度微笑するアルカに、俺は「でも」と尋ねた。

「どうしてそこまで彼女のことを気遣ってやるんだ？　あんなにもはっきり〝嫌いだ〟って言われたのにさ」

「そうさな、さっきも言ったが、あれと私は似た者同士だ。いや、もしかしたら〝聖女〟というもの自体、特別ゆえに皆何かしらの闇を抱えているのかもしれん。だがお前はそんな私を救い、光のもとへと連れ出してくれた。であればほかの聖女たちにも救われてほしいと思うのは、別段傲慢なことではないだろうよ」

「……そっか。すごく今さらだけど、アルカはいい女だな」

「なんだ、今頃気づいたのか？　私は出会った時からいい女だったぞ」

「そうだな。君は出会った時からいい女だった」

　ふふっと互いに笑い合っていると、「ああ、そうそう」とアルカがまるで念押しするようにこう言ってきた。

「いくら押しに弱いからといって、私より先にあの女を抱くのは絶対にダメだ。私は妾を持つことには反対しないが、正妻はあくまでも私であることを忘れるな。わかったな？」

「は、はい、わかりました……」

　有無を言わさぬアルカの圧に、俺はただただ素直に頷くことしかできなかったのだった。

　てか、妾はいいのかよ……。

《聖女パーティー》エルマ視点6：もう嫌ああああああああああああっ!?

あたしは今、嵐の中にいる。

もちろん比喩的な意味ではない。

確かに馬鹿イグザがいなくなって以降、何もかもが全然上手くいかないし、ストレスはガンガン溜まっていくしで、人生の荒波に揉まれているのも事実ではある。

が！

そんなことより今はこれよ、これ！


——ギギギギギッ。


『うわあああああああああああああああああっ!?』

なんなのよ、この大嵐!?

こんなことになるなんてまったく聞いてないんですけど!?

　ぐわんぐわんとうねる船の中で、あたしはつっかえ棒のように壁に摑(つか)まりながら、そう苛立(いらだ)ちを露(あらわ)にしていた。

　しかもさっきから絶えず別の部屋からの悲鳴が聞こえてきて、もう船内は大パニックである。

　中には「助けて聖女さま～!?」とか「お慈悲(じひ)を～!?」とか「今こそ聖女を海の神に捧(ささ)げるのじゃ～!?」とかまあ色々とあたしに救いを求める声もあったのだけれど、聖女がなんでもかんでもできると思ったら大間違いだってーの!?

　むしろ聖女のあたしに大事がないかを心配しなさいよね!?

　大体、最後のジジイにいたってはあたしを生け贄(にえ)にしようとしてるじゃない!?

　てか、そもそも嵐うんぬん以前にうら若き乙女(おとめ)が豚(ぶた)みたいな男と同室にされてるのよ!?

　その時点でもう何もかもがおかしいじゃない!?

　何が「申し訳ございません……。本日はご乗船予定のお客さまが非常に多く……」よ!?

　だったらあんたの部屋をあたしに献上(けんじょう)しなさいよね!?

　聖女舐(な)めてんの!?

「……っ」

　内心一通りの不満を吐き出したあたしは、ギッとイライラの原因の一つにもなっている件(くだん)の豚を見やる。

「はあ、はあ……うっぷ」

そこでは真っ青な顔でベッドに横たわり、今にも大惨事を引き起こしそうな豚の姿があった。

幸い、あたしは船には強い方である。

馬鹿イグザもそうだったので、船旅で苦労した経験はない。

しかし！

今まさにあたしは窮地に追いやられていたのである。

この狭い船室で、もしこの豚が全てを解き放った日には、もういろんな意味で死ぬしかない。

ゆえにあたしはなんとか彼の症状が治まるよう、不本意ながらもできるだけの看病をしていたのだ。

「も、申し訳ございません、聖女さま……。お供の私があなたさまの手を煩わせることになってしまって……」

「よいのです、ポルコ。あなたは何も気にせず、ただ自分の体調がよくなるようお努めなさい」

そう微笑み、あたしは水筒の水を彼に差し出す。

「さあ、これを。そして横になっていれば、そのうち酔いも治まりましょう」

「は、はい、ありがとうございま……うっ!?」

「えっ？」

ああああああああああああああああああああああああああああああああああああああっっ!?

19章　大北壁防衛戦

翌朝。

「ふふ、日に日に甘え方が激しくなっているが、そろそろ我慢(がまん)ができなくなってきたのではないか？　本当は今すぐにでも食べてしまいたいのだろう？　この果実のような胸を」

「い、いや、そんなことは……」

と、またもやアルカに頭を撫(な)でられながら起床したのはさておき。

俺たちは早々に食事を済ませ、ギルドへと向かった。

「うおっ!?　なんじゃこりゃ!?」

そしてクエストが発注されている掲示板を見て驚く。

なんと指一本分の隙間(すきま)もないほどに、ぎっしりとクエスト依頼が貼(は)りつけられていたのである。

しかも貼る場所がなかったからなのか、どんどん重ねて貼った結果、下の方の依頼書はもういつのものなのかというくらいぼろぼろになっていた。

「ふむ、受注者が少ないとは聞いていたが、よもやこれほどだとはな」

「うん……。問題はどれを受けるかだけど、ここの現状を打破するならちまちまと魔物を倒していてもダメだと思うんだ」

「うむ、同感だ。であれば手っ取り早く〝巣〟を潰すしかあるまい。確か魔物どもは北の山から下りてきていると言っていたな？」

「ああ。つまり山のどこかにやつらの根城があるってことだ。でもそこら辺の話になると、ギルドよりもむしろフレイルさまに直接聞いた方が早いかもしれないな」

「そうだな。であれば仕方あるまい。またあの女の小言でも聞きに行ってやるとしようか」

そう肩を竦めるアルカにふっと口元を和らげつつ、俺は再びオルグレン城へと向けて歩を進めていったのだった。

◇

「昨日は本当に申し訳ありませんでした……」

そして開口一番、フレイルさまが深く頭を下げてくる。

きっと城主であるにもかかわらず、ただ見ていることしかできなかったことに責任を感じていたのだろう。

事実、昨日はあれから宿の方に遣い(つか)の方が来て、宿泊は城の客間を使ってほしいと言ってくれたのだが、それは丁重(ていちょう)にお断りさせてもらった。

もちろん昨日の一件があったからとか、そういうことではない。

わざわざ申し訳ないなというのもさることながら、「いや、だってイチャイチャするなら宿の方が絶対いいだろう?」というアルカのご意向があったのである。

何が絶対いいのかはよくわからんのだが、確かにまあ宿の方が落ち着けるからな。

そこら辺の事情を考慮したのであろう。たぶん。

「いえ、気にしないでください。アルカも気にしていないと言っていましたので」

「うむ、そのとおりだ」

俺たちの言葉でようやく安心してくれたらしい。

「ありがとうございます」

フレイルさまの顔にも柔らかさが戻っていた。

「それはそうと、随分(ずいぶん)と城内が騒がしいようですが……」

周囲を見渡し、俺はふと気になっていたことを彼女に問う。

マグメルの姿も見えないようだし、何かあったのだろうか。

「はい。実は先刻より魔物の侵攻(しんこう)が激しさを増しておりまして、マグメルも含め、防衛(ぼうえい)のため兵を総動員しているのです」

「なるほど、そうでしたか。それで状況は？」

「芳しくありません。ですので、できればお二方にもお力添えをお願いできたらと……」

当然、俺は即答する。

「わかりました。アルカもそれで構わないな？」

「ああ、無論だ。元より我らはそのためにここまで来たのだからな」

互いに頷き合った後、俺はフレイルさまに告げる。

「というわけで、俺たちも早速戦線に加わらせていただきます」

「ありがとうございます。町の者一同を代表して、心よりのお礼を申し上げます。どうかご無事で」

「はい」「うむ」

揃って頷き、俺たちは急ぎ大北壁へと向かったのだった。

「おらああああああああああああっ！」
――ごごうううううううううううううううううううっ！
「ギゲエエエエエエエエエエエエエエエッ!?」

四足歩行型の大型竜種――〝ヴリトラ〟の背に刃(やいば)を突き立てながら内部を炎で焼き尽くし、俺は次の魔物へと斬(き)りかかる。

大北壁の戦況は思った以上に深刻で、大多数の狼(おおかみ)型魔物――〝ガルム〟のほか、ヴリトラなど大型竜種の姿まであった。

ちなみに、以前俺を食ったのもこのヴリトラと同じ大型竜種の一つで、名前は忘れたが肉は意外と美味(うま)かった気がする。

「はあああああああああああっ！」

ずがああああああああああんっ！　とアルカがガルムをまとめて吹き飛ばす。

さすがは〝槍(やり)〟の聖女――まだまだ余裕がありそうだ。

もう一人の聖女ことマグメルはどうしているかというと、

「穿(うが)ちなさいッ！　清浄なる光の牙(きば)――〝天帝幻朱閃光(サンライトヴァーミリオン)〟ッッ!!」

――ずがあああああああああああああああああああああああああああああああああんっっ!!

『グギャアアアアアアアアアアアアアアアアアアアアアアアアアアアアアアアアアッッ!?』

もの凄(すご)い威力(いりょく)の術技(じゅつぎ)で大北壁の上から魔物どもを薙(な)ぎ払っていた。

確かにあれだけの力を持っていれば、俺たちと共闘せずともなんとかなるかもしれない。

「はあ、はあ……っ」

だがさすがに数が多すぎる。

いくら強力な術が使えるとはいえ、俺と違って彼女はスタミナが無尽蔵(むじんぞう)ではないのだ。

遠目に見ても辛(つら)そうに肩で息をしているのがわかった。

と、その時だ。

「まずいぞ、イグザ！　〝ワイバーン〟だ！」

「何っ⁉」

中型程度ではあったものの、飛竜(ひりゅう)タイプの魔物――〝ワイバーン〟が前線を抜け、一直線に大北壁(グレートウオール)へと向かっていった。


狙(ねら)いは――そう、マグメルだ。


「くそっ⁉」

「イグザ⁉」

慌(あわ)てて彼女のもとへと大地を蹴(け)って駆ける。

「う、穿ちなさ……ぐっ⁉」

何故(なぜ)なら、マグメルはもう杖(つえ)に体重を預けないと立っていられないほどに消耗(しょうもう)していたからだ。

あの身体でワイバーンを撃ち落とせるだけの一撃を放つのはさすがに無理である。

かといって、逃げられる体力もすでに残ってはいまい。

「ちきしょう!?　間に合わねえ!?」

俺も全力で駆けてはいるが、大北壁に着いてからあれを登るにしても、今のままでは到底間に合わないだろう。

唯一可能性があるとすれば、それは火の鳥化して飛ぶことである。

だがあれはその大きさゆえ、そこまでスピードが速くはない。

中型飛竜種であるワイバーンに追いつくのはほぼ不可能と言ってもいい。

ならばどうする。

どうすればいい。

考えろ。

考えるんだ。

このままじゃマグメルはあのワイバーンに殺される。

彼女はこの町の希望。

彼女の存在があったからこそ、人々はこの絶望的な状況の中でも心折れずに戦い続けることができたのだ。

絶対に殺させるわけにはいかない。

だから考えろ！

今の俺ならできるはずだ！

彼女に手を届かせるにはどうすればいい⁉

この距離を一気に縮めるにはどうすればいい⁉

そんなの決まってるだろッ！

ここからマグメルのいる場所までッ！

最短最速でッ！


――〝飛ぶ〟しかねえだろうがあああああああああああああああッッ‼


「うおおおおおおおおおおおおおおおおおおおおおおッッ‼」

――ごごうっ！

その瞬間、俺の身体を炎が包み、フェニックスローブに変化が起こった。

それはまるで鎧のように頑強で、そして大空を翔る鳥のように雄々しい変化……いや、〝進化〟だった。

「グギャアアアアアアアアアアアアアアアアッ！」

「きゃあああああああああああああああああああああああああああっっ!?」

――ずしゃああああああああああああああああああっ!

「ギゲエエエエエエエエエエエエエエエエエエエエエエエエエエエエエエエッ!?」

「……えっ?」

だからこそ間に合わせることができたのだろう。

何故なら俺は――〝人のまま〟空を飛んでいたからだ。

フェニックスローブ第二形態――〝スザクフォーム〟誕生の瞬間であった。

20章　いいから黙って俺についてこい

全身に力が漲っているのがわかった。

恐らくは変化したフェニックスローブがヒノカミさまの力を全身に巡らせているのだろう。

というより、やっと全身で制御ができるようになったんだと思う。

いわばヒノカグヅチの鎧版とでも言おうか。

フェニックスローブが変換器の役割を果たし、俺の力を爆発的に高めてくれる戦闘形態への進化を可能にしたのである。

それがこの――〝スザクフォーム〟。

以前よりも発色がよくなり、一部形状の変わったフェニックスローブと、ローブを介して背に生えた三枚の翼――そして翼の周りにまるで日輪のように輝く光の輪が特徴の戦闘モードである。

「あ、あなたは……」

マグメルが驚愕の表情で固まる中、俺は振り返りつつ考える。

確か少々強引にいった方がよかったんだっけか。

そういうキャラはあまり得意ではないのだが、とりあえずやってみることにしよう。


──ぐいっ。


「え、ちょ、何をするんですか⁉」

「いいから一緒に来い」

俺はマグメルをお姫さま抱っこの要領で抱える。

当然、彼女は俺を睨みつけながら声を荒らげてきた。

「ど、どういうつもりですか⁉　私は一人でも歩けます⁉　放してください⁉」

「とりあえず落ち着け。そして自分の状態をよく確認してみろ」

「えっ……？」

一瞬呆然とした後、マグメルは自分の身体を見やって言った。

「これは……疲労感がなくなっていく……？」

「そうだ。俺の力は特別製でな。本来は自分の身体を治癒するだけのものなのだが、この形態

だと触れている者のダメージも回復できるらしい」

「そんなことが……。何か術技を使っているわけでもないのに……」

驚くマグメルだが、彼女はやがてはっと思い出したように言った。

「そ、そんなことよりもう十分回復しましたから放してください!?　いつまで私を抱えているつもりですか!?」

「そんなのは決まっているだろう？　あいつらを全部排除するまでだ」

「──なっ!?　こ、この状態でそんなことができるはずないでしょう!!　ふざけているのですか!?」

「ふざけてなどいない。そのためにはお前の力が必要だ。だから俺に力を貸せ」

「ば、馬鹿なことを言わないでください!?　誰があなたなんかに──」

と。

「──いいから黙って俺の言うことを聞け！　お前が必要なんだ！」

「は、はい……」

マグメルがこくりと素直に頷く。

どうしよう。

結構強めに怒鳴りつけてしまったんだけど大丈夫だったかな……。

さっきからめっちゃお前呼ばわりしてるし……。

内心傷つけていないかと心配する俺だったが、直後にそれがただの杞憂だったことを知ることになる。


「それであの、どうされるおつもりですか……？」


……えっ？

な、なんかキャラ変わってない!?

さっきまでツンツンしていたマグメルが急にしおらしくなったどころか、頬を朱に染め、潤んだ瞳を俺に向けてきているではないか。

え、どうしちゃったのこの人!?　と困惑しつつも、今さらやめるわけにもいかず、俺は強引モードで話を続ける。

「俺がお前を支えてやる。だからお前は最大限の力を以てやつらを殲滅しろ。できるな？」

「は、はい……。仰せのままに……」

頷き、マグメルは俺に抱えられたまま聖杖を構える。

そして。

「穿(うが)ちなさいッ！　清浄なる光の牙(きば)――〝天帝幻朱閃光(サンライトヴァーミリオン)〟ッッ!!」

――ずがああああああああああああああああああああああああああああんっっ!!

『ギギャアアアアアアアアアアアアアアアアアアアアアアアアアアアアッッ!?』

再びマグメルの強力な術技が魔物どもを薙(な)ぎ払っていく。

だがそこで彼女は気づいたらしい。

「体力が、減っていない……？」

「そうだ。俺がお前を支え続けている限り、お前は無限に力を振るうことができる」

「そんなことが……」

「ああ、俺となら可能だ。確かにお前は人々の希望たる聖女だが、その前に一人の女だ。全(すべ)てを抱え込むにはあまりにも脆(もろ)すぎる。だから俺がお前の支えになってやる。その代わり、お前も俺に頼れ。聖女だからと全部一人で抱え込むな。わかったな？　――マグメル」

「……はい。わかりました……イグザさま……」

陶酔(とうすい)しきったような表情で頷くマグメルに、俺も少々調子に乗ってしまったらしい。

最後に俺はこう不敵に告げてしまったのだった。

「よし。ならこれからお前は俺の女だ」

そうしてひとまず魔物の侵攻を食い止めることに成功した俺たちは、一度オルグレン城に戻ることにしたのだが、

◇

「──なるほど。経緯はわかった。確かに少々強引にいくべきだと言ったのは私だし、事実それが功を奏したことも実感している」

だが、とアルカは珍しく額に青筋を浮かべて言った。

「そこまで親密な仲になれと言った覚えはないのだが……っ？」

「い、いや、そうなんだけどね？」

「さあ、どうぞ、イグザさま。はい、あーん」

「え、あー……んぐ……もぐもぐ」

「どうですか？　美味しいですか？」

「う、うん……」

「ふふ、それはよかったです♪」

そう嫋やかに笑うのは、もちろんマグメルである。

恐らくは今まで我慢していたものが一気に弾けてしまったのだろう。

ゆえに元来の性格へと戻ってしまったのか、今となってはすっかりあまあまお姉さんになっていた。

城の食堂で腕を絡めながらあーんしてくれるほどに性格が変わっていたのである。

「くっ、これはさすがに予想外だ……っ。なので癪だが前言を撤回する。こいつはもう救わなくていいから放っておけ」

「いや、そう言われても……」

「はい。私はすでにイグザさまのものになりました。もし私の存在が気に入らないと仰られるのであれば、あなたがどこかに去ればよろしいのではないでしょうか？」

「……ほう？　新参の妾候補如きが正妻の私に向かって〝去れ〟だと？」

「ええ。そうすれば私が正妻です。むしろそうしてくださいませ」

その瞬間、じゃきっとアルカが背の聖槍を抜く。

「よし、イグザ。今から面白いものが見られるぞ」

「ちょ、ちょっと待った!?　その〝面白いもの〟は前回とまるで違うものだよな!?」

「はっはっは、それは見てからのお楽しみというやつだ」

にんまりと笑顔を浮かべるアルカだが、彼女の目がまったく笑っていないことに、俺は滝のような汗を流していたのだった。

21章　魔に堕ちた大地の神

とりあえず先の一件でマグメルを仲間に加えることができたのはいいものの、

「あの、アルカー……？」

――ぷいっ。

「ほら、君の好きな干し肉だぞー……？」

――ぷぷいっ。

「……はあ」

おかげで嫁（仮）の方が頬（ほお）を膨（ふく）らませてしまっていた。

その仕草（しぐさ）はとても可愛（かわい）らしいものなのだが、はてさてどうしたものか。

もちろん理由はこちらの、

「ふふ、そのようにヒステリックな方のことなどどうでもよいではありませんか。さあ、私とともに甘いひとときを過ごしましょう、イグザさま」

見事にはっちゃけてしまったマグメルさんである。

この変貌振りを見るに、今まで相当溜め込んでいたんだろうなぁ……。

フレイルさまも「え、誰……？」みたいな顔してたし。

「おい、誰がヒステリックな女だ」

「ふふ、もちろんあなたに決まっているじゃありませんか、元正妻さま」

「クックックッ、面白いことを言うな、妾候補落選組筆頭」

「だ、誰が落選組の筆頭ですか!?」

「無論、お前だ。残念ながら正妻権限により、お前は落選となった。よってお帰りはあちらだ」

そう言って、アルカが食堂の入り口を顎で指す。

すると、マグメルも笑顔に憤りを孕ませて言い返した。

「ふふ、言ってくれますね、聖女アルカディア。なんならどちらがイグザさまに相応しい女か、その身でわからせて差し上げてもよろしいのですよ？」

「ふ、それは願ってもいない提案だな。ではここを聖女マグメル最期の地としてくれようか」

いや、〝最期の地〟って、ここ城の食堂なんだけど……。

それだとなんか食中毒で死んだみたいな感じになるんじゃ……。

「大体、お前が惚れたイグザは私の入れ知恵で演じた〝まがいもの〟だ。にもかかわらず、何故未だにこいつに固執する？」

「ええ、もちろん存じ上げております。ですがあの時私に向けられた真剣な眼差しに嘘偽りは一切ありませんでした。つまりいざという時には、ああして男らしく私を引っ張っていってくださるのがイグザさまなのです。お慕いするのにほかに理由がいりますか？」

「くっ、そこまでイグザのよいところを見抜いているとは、敵ながらあっぱれといったところか……っ。──いいだろう。癪だがお前を妾として認めてやる」

「お褒めに預かり光栄です、元……いえ、正妻さま」

ふふふ、と互いに変な親近感が湧いている様子の二人だったが、そこで俺は一人思う。

あの、俺まだ〝正妻〟とか〝妾〟って何も認めてないんだけど……、と。

◇

ともあれ、聖女二人の距離がほんの少しだけだが縮まったことに安心した俺は、魔物の巣の情報を聞くため、彼女らとともに玉座の間へと赴いていた。

「魔物たちの巣、ですか？」

「ええ。現状の打破(だは)にはそれが一番有効なのではないかと思いまして」

「確かに我々も以前同じことを考えたことがありました。魔物たちの根城(ねじろ)を潰(つぶ)せば侵攻が収まるのではないかと。ですが……」

「？」

何か言いづらいことなのか、フレイルさまが顔を曇(くも)らせる。

すると、代わりにマグメルが沈痛な面持(おもも)ちでこう告げてきた。

「フレイルさまはその作戦の折、先王――ジークルドさまを亡くされているのです」

「えっ？」

「なるほど、そういうことか」

アルカの言葉に、フレイルさまが謝罪する。

「お気を遣(つか)わせてしまって申し訳ありません。確かに夫――ジークルドはその戦いで命を落としました。敵の攻撃が激しかったということも要因の一つではあるのですが、もう一つ別の大きな要因があったからです」

「別の大きな要因？」

「はい。お二方(ふたかた)は北の山に伝わる〝ジボガミさま〟の伝説をご存じですか？」

「いえ……」

「私も知らんな」

互いに首を横に振る俺たちに、フレイルさまはどこか遠くを見るような表情で言った。

「この世には創(はじ)まりの女神さまのほか、火、水、風、土、雷の五つの神さまがいらっしゃると考えられておりまして、そのうちの一つ──〝土〟の神さまのことを我々は〝ジボガミさま〟と崇(あが)めてきました」

「ジボガミさま……」

つまりヒノカミさまの土バージョンということだろうか。

そういえば、ヒノカミさまも皆からそう呼ばれているだけであって、正式な名称は誰も知らないんだよな。

「はい。ジボガミさまは土……つまりは大地の神であるとともに〝生命〟の神であるとも言われておりまして、一説によれば大地の〝穢(けが)れ〟をその身一つで浄化し続けているのだとか」

「つまりあれですか？　そのジボガミさまが浄化しきれなくなったことで、魔物たちが増えていると？」

「その可能性は十分に考えられると思います。事実、このオルグレン周辺の土地も年々痩(や)せ細ってきていますし、作物の収穫量も減少傾向にあります。このままではいずれこの町を放棄(ほうき)せざるを得ない時がくるでしょう」

「そんな……」

「ふむ、事態は思っていたよりも深刻なようだな」

「はい……。ですので、夫は巣の破壊とともにジボガミさまの探索を行いました。もしかしたら魔物たちの影響で、ジボガミさまが本来の力を出せずにいるのではないかと考えたからです」

　ですが、とフレイルさまはさらに表情を陰らせて言った。

「彼は志半ばで倒れ、そして僅かに生き残った兵たちは口を揃えて私にこう言いました」

「「？」」

　揃って小首を傾げる俺たちに、フレイルさまはぐっと膝の上の拳を握って言ったのだった。

「ジボガミさまこそが――魔物を生み出す〝母〟なのだと」

《聖女パーティー》エルマ視点7：え、〝槍〟の聖女って誰よ!?

まさに人生最大の嵐を抜け、あたしたちはやっとの思いでラスコラルタ大陸の港町――〝ファミーラ〟へと到着することができていた。

もしまた今度船に乗ることがあった時には、出発早々あたし最速の抜剣術を以てあの豚を昏倒させてやろうと思う。

そしてタルにでも詰め、貨物室にでもぶち込んでおいてやる。

絶対にそうしてやる。

なんなら食材として使ってくれてもいいわよ？

あたしは死んでも食べないけどね！

「ここがラスコラルタ大陸の港町ファミーラですか。まさに新たなる冒険の始まりという感じがしますな」

「そ、そうですね」

って、何どや顔でいっちょ前の冒険者面してんのよ!?

あんた、さっきまで船室でグロッキーになってたじゃない!?

てか、たかが荷物持ちの分際で聖女のあたしより目立とうとしてるんじゃないわよ!?

「さて、では私は荷物を宿に置き次第、ギルドに聞き込みに行ってきますね」

「ええ、そうしていただけると助かります。私も町の方々にお話を伺ってきますので」

ともあれ、そんな感じでポルコと別れたあたしは、彼の姿が見えなくなったのを確認した後、近くのベンチにどかりと腰を下ろして嘆息した。

「……はあ」

あ～疲れた……。

せっかくマルグリドの温泉で短時間ながらもリフレッシュできたってのに、この仕打ちは一体なんなのよ……。

結局ドラゴンスレイヤーも消息不明だし、豚男は強制的にパーティー入りしてくるし、悪夢のような船旅だったし……。

「それもこれも全部あの馬鹿イグザがあたしを捨てたせいだわ……っ」

ぐっと唇を噛み締め、あたしは再び怒りを燃え上がらせる。

大体、あの出来損ないは今どこをほっつき歩いてるのよ。

幼馴染みのあたしがこんな目に遭ってるってのに、それを見過ごしていていいわけ？

まったく、腹が立つったらありゃしない。

でもまあいいわ、と立ち上がり、あたしは決意を新たにする。

新しい大陸にも到着したことだし、心機一転――気合いを入れ直していくわよ！

目指すは武術都市レオリニア！

そこに向かったというヒノカミさまの御使(みつか)いを、必ずやパーティーに加えてやるんだから！

そうあたしが内心勢い込んでいると、ふいに旅人らしき人たちの会話が耳に飛び込んできた。

「――しっかし今回の武神祭(アラストル)は凄(すご)かったよな。まさか〝槍(やり)〟の聖女が出てくるとは思わなかったもんな」

……はっ？

〝槍〟の聖女？

え、聖女ってあたしのほかにもいたの!?

いや、まあ《剣聖》のほかにもレアスキルがあるとは聞いたことあったけど……。

微妙にショックを受けるあたしだったが、衝撃はそれだけに留まらなかった。

「――ああ。しかもそれを倒したあの炎使いも凄かったよな。次々に武器を変えちまってさ」

……えっ？

てか、負けてんじゃない〝槍〟の聖女!?

え、聖女に勝てる人間とか聞いたことないんですけど!?

ちょ、どこのどいつよそれ!?

「もし！　そこの方々！」

「「うん？」」

シショックはショックであったが、逆にそいつを仲間にできたらという期待に、あたしは一人胸を膨らませていたのだった。

22章　いざジボガミさまのもとへ

その夜、俺はベッドの中で黙々と考えを巡らせていた。

もちろんフレイルさまの言っていたことが気になっていたからだ。

ジボガミさまこそが魔物たちを生み出す〝母〟なのだと彼女は言った。

もっとも、彼女自身も生き残った兵たちから聞いた話ゆえ、本当のところはわからない。

だがもしそれが事実だとしたら、俺たちは〝神〟を相手に戦わなければならなくなってしまう。

もちろん俺は死なないし、同じ神であるヒノカミさまの力もあるからなんとかなるとは思う。

でもいくら聖女とはいえ、アルカとマグメルはただの人間だ。

もし万が一のことがあったら……。


――むぎゅっ。

「……って、あの、俺いま結構真剣なことを考えてるんですけど……」

ちらり、と半眼を向けた先にいたのは、件のアルカとマグメルだった。

そう、アルカは言わずもがな、マグメルまでもが同じベッドに入ってきていたのだ。

「ふふ、それはもしかして私との子のことか？」

「いえいえ、私との甘い未来のことですよね？」

「え、いや、そうじゃなくてね……」

しかも右にアルカ、左にマグメルと両手に花状態の中、二人が互いを意識し合っているのか、先ほどからやたらとぐいぐいくるのである。

どのくらいぐいぐいくるかというと、薄布一枚のアルカに対して、負けじとマグメルまでもが例のドエロい下着姿で迫ってくるくらいだ。

なので俺が一人瞑想するかの如く真面目なことを考えていたのも、実のところ二人の誘惑に全力で抗うためだったりする……。

「というか、この部屋は元々私たちがとったものなのだぞ？　にもかかわらず、何故お前がここにいる？　明らかに定員オーバーだろうに」

「はい。なのでそこは聖女特権でなんとかしました」

なんとかしちゃったんだ……。

最近のマグメルさんは手段を選ばなくなってきたなぁ……。

「というわけで、この部屋は現在三人用となっております。ベッドも一回り大きなものへと変更していただきましたので、なんの問題もございません」

「ふむ、なんと欲望に忠実な聖女であろうか。だがまあその気持ちもわからなくはない。私も婿（仮）とこうしていると心が落ち着くからな」

「ええ、そうでしょうとも」

——ぎゅう〜。

「〜〜っ!?」

そう言って、二人が一層俺に身体を寄せてくる。

正直、薄着の美女二人にこんなことをされて、お年頃の男子が平常心を保てるはずなどない。

だがしかし！

男には耐えねばならん時があるのだ！

だって彼女たちが今俺に求めているのは、ほかでもない〝安心感〟なのだから！（言い訳）

というわけで、俺はもう朝まで天井のシミでも数えていようかと思います……って、この部屋の天井シミ一つねえじゃねえか!?

ど、どどどうしよう!?

翌朝。

「う、ん～……」

俺はふんわりと優しい香りに包まれながら目を覚ました。
この全てを許してくれそうな甘い香りは一体なんなのだろうか。
それになんだか口の中にも甘い味が広がっているような気がする。
どこか懐かしさすら覚えるその味をもっと堪能したいと、俺は口をすぼめるようにしてそれを味わう。
と。

「あっ……」

「……？」

ふいにすぐ近くからマグメルの声が聞こえ、俺は視線を少しだけ上へとずらす。

「イグザさま……」

そこにあったのは、紛れもなくマグメルの顔だった。
だが少々様子がおかしく、何故か彼女の顔は真っ赤に染まり、吐息も熱い上、瞳も潤んだような感じだった。

まるでそう——〝発情〟でもしているかのように……。

「——っ⁉」

そして俺は気づく。

現在進行形で彼女の胸元に顔を埋めていることに。

しかも。

「もっと……もっと吸ってくださいまし……」

「〜っ⁉」

吸っていたらしいんです……彼女のおっぱいを……。

どうりでなんか妙に吸いやすそうな突起らしきものが口の中にあると思いました……。

「ち、違うんだ⁉　お、俺はただおぶっ⁉」

慌てて弁解しようとする俺だったが、マグメル自身がそれを許さず、ぎゅっと俺の頭を抱え込んでくる。

「いいんです……。存分に甘えてくださいませ……。私はもうあなたさまだけのものなのですから……」

「ふぁ、ふぁい……」

頷き、俺はたどたどしくも彼女の豊かな胸へと再度顔を埋めていく。

やべえ、すげえ柔らかくていい匂いがする……。

どちらがいいというわけではないのだが、アルカは身体を鍛えている分、柔らかさよりも張りがある感じだったからな……。

逆にマグメルは張りよりも柔らかさ重視というかなんというか……。

「！」

その時、ふと俺の視線の先にぷくりと屹立している桃色の突起物があることに気づき、思わずごくりと喉が鳴る。

そしてマグメルもそんな俺の心情を察してくれていたようで、彼女はそっとそれを俺の口元に寄せてくれた。

「どうぞ……。好きなだけ吸ってください……」

「……うん」

この状況ではもう頷くしかなく、俺は再び彼女の乳首へと吸いつく。

「あっ……」

途端に口内を薄らと甘い味が満たしていった。

「ん、あっ……ああっ⁉」

「……っ」

マグメルが艶めかしく身悶えする中、何か変なスイッチが入ってしまったのか、俺の彼女を抱く手も一層の力強さを増す。

当然、下腹部にも急速に血が集まっていくのがわかった。

もしかしたら俺たちはこのまま次のステージへと進んでしまうのではないか——一心不乱にマグメルの胸を吸いながら、ふとそんな考えが頭を過ぎっていた俺だったのだが、

「——ほう？　正妻の前でよくもまあ堂々とほかの女の乳を吸えるな？」

「はわあっ!?」

ふいに背後から投げかけられたアルカの問いに、俺はぎょっと声のした方を振り向く。

そうだった!?

ここにはアルカもいたんだった!?

「ち、ちち違うんだ!?　こ、これには深いわけが!?」

「そうか。深いわけがあるのであれば仕方がないな。では聞かせてもらおうか？　この私よりも先に妾の乳を吸うことになったその〝深いわけ〟とやらをな……っ？」

「ひ、ひいっ!?」

びきびき、と額に青筋を浮かべているアルカの威圧感に、俺は愕然とし、血の気が引く思いなのであった。

その後、「今夜は必ず私を抱け。わかったな？（ぎろりっ）」「は、はい……」と散々アルカに詰め寄られ、強制的に既成事実が作られそうな感じになったことはさておき。

俺たちは万全の準備を整え、ジボガミさまと思しき存在が目撃された場所に向け、スザクフォームで空を高速移動していた。

もちろん両手に聖女さまたちを抱えてだ。

個人的には相手が神である以上、まずは俺だけで偵察に行きたかったのだが、「却下だ」「却下です」と揃って却下されてしまったので、仕方なく全員で行くことにしたのである。

そんなに俺のことが心配なのだろうかと思いきや、彼女たちはやはり揃ってこう言ってきた。

「――愛するお前と片時も離れたくないからだ」

「――お慕いするあなたさまと片時も離れたくないからです」

うん、まあ……ね？

そう言われてしまったら連れて行くしかないじゃないか。

だって俺も言っちゃったし。


「――わかった。なら君たちは必ず俺が守ってみせる！」


ええ、昂(たかぶ)っちゃったんです……。

なんかこう男らしさを見せるべきだと思っちゃったんでしょうな……。

でもそう言った以上は男としてきちんと責務を果たすつもりだ。

まだ付き合いがそんなに長いわけではないけれど、二人は俺の大切な仲間だし、何より〝正妻〟と〝妾〟だからな。

命に代えても守ってみせるさ。

まあ両方まだ（仮）なんだけど。

「ところで、先ほどから気になっていたが、お前のその服装の変化は一体なんなのだ？」

アルカがふとマグメルにそう言いながら半眼を向ける。

確かにそれは俺も気になっていた。

何せ、マグメルの装いは完全防備だった全身真っ黒な修道服から、白を基調とした露出多めの法衣へと、一夜にして大変貌を遂げていたからだ。

しかも大きく開いた胸元などなんのその。

スカートは腰元まで両スリットが入っており、ガーターベルトはおろか、ショーツの端までがっつり見えているというセクシー仕様である。

貞淑だったはずの彼女に一体何があったのか。

あまりの変貌ぶりにあえて突っ込まないようにしていたのだが、さすがのアルカも我慢できなかったようだ。

「ふふ、どうやらお気づきになられたようですね。これは万が一の時に備え、前もって用意しておいた特注の法衣でして、各種術技耐性はもちろんのこと、私自身の魔力をも高めてくれる優れた代物なのです。これほどの一品を今使わずにいつ使うと？」

「いや、そういう意味ではない。私が言いたいのは、昨日まで隠れて露出を愉しんでいたお前が、何故いきなり娼婦の如く肌を見せ始めたのかということだ」

相変わらず半眼のアルカにそう言われたマグメルは、「そ、それは……」とどこか恥ずかしそうに頬を染めながら俺の方をちらりと見やる。

「？」

そして俺が小首を傾げる中、彼女はそっと頬に手を添えて言った。

「その、私の身体に欲情してくださっていたイグザさまの視線が忘れられず……」

……うん？

「もっといっぱい見てほしい……。この身体を隅々まで見透かしてほしい……。欲望の赴くままに私を求めてほしい……と、そのようなことばかり考えていましたところ、ふいにこの衣装のことを思い出しまして……」

「おい」

「え、俺が悪いの!?」

アルカの抗議に、ぎょっと目を見開く俺。

た、確かにちょっと変なスイッチが入っちゃったのは認めるけどさ……。

でもそんなにまじまじと見つめていたわけじゃ……。

……。

いや、ごめん。

普通に凝視してたわ……。

ずーんっ、と俺が一人、顔を伏せる中、アルカは「やれやれ……」と小さく嘆息して言った。

「だがお前は本当にそれでよいのか？」

「それはどういう意味でしょうか？」

「自分でもわかっているはずだ。そのような装いをしていれば、当然イグザ以外の男たちからも舐めるような視線を向けられることになると。事実、先ほども城の兵たちが食い入るようにお前の姿を見つめていたからな。愛する者以外にその肌を晒して、果たしてお前は本当にそれでよいのかと私は問うているのだ」

「そうですね。確かにあなたの仰るとおりです。なので私もイグザさまに一つお尋ねしたいことがあります」

「うん？　何かな？」

小首を傾げる俺に、マグメルはその豊かな胸元に手をあてながらこう問いかけてきた。

「たとえば私の身体をほかの殿方が舐めるように見てきたとして、イグザさまはそれをどう思われますか？　もちろんそのような視線を向けてくるわけですから、彼らは欲望の赴くままに私の身体を好きにしたいと考えているはずです」

「え、えっと、それはやっぱりちょっと嫌かなぁ……」

ほかのやつらに身体を好きにされているマグメルとか想像したくもないし……、と俺が若干の不快感を募らせていると、マグメルはふふっと嬉しそうに笑い、熱っぽい視線を俺に向けて言った。

「そのお言葉が聞けてよかったです。でしたらしっかりと私のことを繋ぎ止めておいてくださいましね？　私のこの身体も、心も、全てはあなたさまだけのものですが、外には私を狙う怖い殿方がたくさんいらっしゃるのですから」

「う、うん、わかった……」

そう頷く俺に、マグメルはやはり甘えるように寄り添ってきていたのだった。

……なるほど。

つまり要約すると、ただ単に色々と見てほしかっただけではなく、俺の嫉妬心というか、束縛する気持ちを煽るためにこの衣装を着ていたということである。

それはなんというか……うん。

ちょっと嬉しい気がしなくもない。

だってそれだけ俺のことを想ってくれているわけだからな。

そう言われたら、絶対にほかの男になんて渡してたまるかって気持ちにもなってくるし。

ただ、

「――よし、真面目に心配した私が馬鹿だった。今すぐその女を降ろせ。いや、落とせ。今すぐにだ」

「と、とりあえずちょっと落ち着こうか……？」

正妻さまの方は「ごごごごごっ」ととても怖い顔で遥か下方を指差し続けていたのだった。

と、そんなやり取りをしつつも、俺たちは目的の場所へと徐々に近づいていく。

「確かあの山の峰を越えた先だったな」

「うむ。城主の話だと、あの峰の向こう側に山が大きく抉れている場所があるという。いわゆる〝クレーター〟だな」

「ええ。そこには中央にぽっかりと空いた大穴のほか、周囲に無数の小さな穴が空いているらしく、そこから魔物たちが這い出てきているという話です」

「なるほど。つまりそこがやつらの〝巣〟ってわけか」

「はい。そして中央の大穴の最奥で、ジークルドさまは遭遇したといいます。魔物を生み出し続ける巨大な〝何か〟と」

「ジボガミさま、か……」

果たして鬼が出るか蛇が出るか……。

まあ伝説が本当なら〝神〟が出るらしいんだけどな。

「よし、なら一気に最深部まで突入しよう。たとえ巣を破壊したとしても、元凶をなんとかしないことにはどうにもならないからな」

「うむ、同感だ」

「ええ、承知しました」

二人が頷いたことを確認した俺は、彼女たちを抱える手に一層の力を込め、クレーターの中心部へと向かっていく。

が。

「やべっ⁉」

「「――っ⁉」」


――どがあああああああああああああああああああああああああああああああああんっっ‼


その瞬間、大穴の底から真上に向かって凄まじいエネルギーの塊らしきものが放出され、俺たちは間一髪のところでそれを回避する。

よもやこれほどまでに大規模な迎撃態勢をとられているとは思いもしなかった。

「あっぶねぇ……」

ほっと一息吐く俺だが、アルカは不敵に笑って言った。

「ふふ、なるほど。どうやらジボガミさまとやらは我が婿（仮）のことを相当恐れているようだな」

「え、そうなのか？」

「ああ。まあ当然だろう。何せ、同じ神の力を持つ地上最強の男が目と鼻の先までやってきたのだからな。あのくらいの歓迎はしてくるだろうよ」

「そうですね。恐らくはイグザさまの中に眠るヒノカミさまの力に反応したのでしょう。――〝あれは脅威である〟と」

「なるほど。なら勝ち目があるってことだな。だったらとっととその面を拝みに行ってやろうぜ」

「ああ、そうだな」

「ええ、そうしましょう」

揃って頷いた俺たちは、今一度大穴へと向け、翼を翻していったのだった。

23章　だったら俺が浄化してやる！

あれだけ大規模な一撃だ。

いくら神とはいえ、恐らく次の攻撃までは多少の時間がかかるだろう。

そう考えた俺たちの作戦は見事に図に当たった。


――どがあああああああああああああああああああああああああんっっ!!


「今だ！」

今一度大穴の直上を飛行して攻撃を誘発した後、一気に最深部へと突貫したのである。

「これが、ジボガミさま……っ!?」

そして俺たちは遭遇した。


「――ギギャアアアアアアアアアアアアアアアアアアアアアアッッ!!」

身体中から絶えずどす黒い泥のようなものを垂れ流しながら暴れている、恐らくは人の女性を模したのであろう様相の存在と。

いや、むしろ俺たち人間の方が彼女の姿を元に造られたのかもしれない。

たとえ頭部を含めた全身のほとんどが死人のように腐り、両腕や毛髪など、すでに失った部位を無理矢理泥で補っていたとしても、だ。

泥とはいうが、恐らくはあれが〝穢れ〟というやつであろう。

「な、なんなのだこれは……っ!?　これが大地の〝穢れ〟を浄化するという、生命の神の姿だとでもいうのか……っ!?」

「正直、予想外でした……。まさかこれほどの〝穢れ〟を生む存在へと成り変わっていたとは……」

当然、アルカたちも驚きを隠せないようだった。

元々はきっとこんな姿ではなかったのだろう。

浄化を生業とする〝大地〟と〝生命〟の神さまというくらいだ。

たぶんとても美しい女神さまだったんだと思う。

でも恐らくは大地に〝穢れ〟が溜まりすぎてしまったのだ。

それによって浄化した〝穢れ〟から新たなる生命を生むはずだったジボガミさまは、浄化されていない〝穢れ〟から新たなる生命を生むようになってしまった。

浄化が追いつかず、〝穢れ〟に呑み込まれてしまったのである。

「あそこを見てください！　泥から次々に魔物が生まれています！」

「くっ、早くやつをなんとかしなければ！　このままではオルグレンはおろか、世界中が魔物どもで埋め尽くされることになるぞ！」

「ああ、わかってる！　だから二人は少しでも魔物たちが外に出ないよう防いでくれ！　もちろんやばいと思ったらすぐに撤退するように！　ジボガミさまは俺がなんとかする！」

「わかった！」「わかりました！」

二人が頷いたことを確認した俺は、彼女たちを近くの岩場に降ろし、一人ジボガミさまのもとへと向かっていったのだった。

「こんのおおおおおおおおおおおおおおおおおっっ!!」
ずがんっ！　と下からやつの顎を大剣で斬り上げる。
硬くて刃が通らなかったが、それでも十分だった。
「ギギャアアアアアアアアアアアアアアアアアアアッッ!!」

——どがあああああああああああああああああああああああんっっ!!

次の瞬間、ジボガミさまの口から放出された目映い黒色の奔流が、遙か天へと向けて駆け抜けていったからだ。

「ぐっ!?」

まったく危ないったらありゃしない。

怒りに我を忘れているのか、ジボガミさまは完全に見境がなくなっていた。

もしあれを横の壁にでもぶっ放していたなら、今頃はジボガミさまともども全員揃って生き埋めになっていたことだろう。

のんびりと戦略を練っている暇はない。

早々にケリをつけなければ。

「おらあああああああああああああああっっ!!」

そう考え、俺はとりあえず彼女を昏倒させるべく大剣を大きく振りかぶり、そして身体を捻って横から打ちつけるように顔面を殴る。

——どがんっ!

が。

「――ギゲエエエエエエエエエエエエエエエエエエエッッ!!」

「うおっ!?」

――ずがああああああああああああああああああああんっ！

お返しだとばかりにその〝穢れ〟で象られた右腕が、先ほどまで俺がいた場所を背後の壁ごと大きく抉っていった。

「くそっ、今のでもダメか……っ」

ならどうすればいい。

ジボガミさまは大地の神。

〝穢れ〟を浄化して生命を育む役割を担っている。

それを倒すということは、〝穢れ〟が浄化されずに溢れ続けるということにほかならない。

フレイルさまの言うとおり、大地も枯れ尽くし、いずれは死を迎えることになるだろう。

つまり――〝倒してはいけない〟のだ。

かといって、このままではジリ貧である。

「グギャアアアアアアアアアアアアアアアアアアアアアアッッ!!」

——どがんっ!

「ぐわっ!?」

毛髪の如く蠢いていた〝穢れ〟の拳に殴り飛ばされ、俺は勢いよく岩壁に叩きつけられる。

「——がはっ!?」

一瞬意識が飛びそうになったものの、そこは《不死鳥》のスキルを持つ俺である。

「くっ!?」

「ギャギイイイイイイイイイイイイイイイッッ!!」

——ずがああああああああああああああああんっ!

即座にダメージを回復させ、追撃を受ける前にその場から離脱していた。

「はあ、はあ……っ」

どうする。

どうすればいい。

〝なんとかする〟とは言ったものの、倒せない相手の倒し方なんて俺は知らない。

ならば一度退いて態勢を立て直すか?

……いや、ダメだ。

ここで退いたらジボガミさまは一層警戒を強め、今まで以上のペースで魔物たちを送り出してくることになるだろう。
そうなったら最後――オルグレンの防衛にしか手が回らなくなってしまう上、ジボガミさまの対処はおろか、俺たちが前線を離れた瞬間、大北壁は破られ、オルグレン自体が火の海に包まれることになる。

――まさに〝詰み〟だ。


ゆえにここで退くわけにはいかない。

だから考えるんだ。

彼女を倒さずにこの場を収める方法を。

いや、神さまだから〝鎮める〟方法か。


「……鎮める？」


と、そこで俺はふと思いつく。

ジボガミさまが暴れているのは、全身を〝穢れ〟に蝕まれているからだ。

〝穢れ〟なんて大層な名前がついてはいるが、要は〝病原体〟のようなものだと思えばいい。

その正体がなんなのかは知らないけれど、悪いものに違いないんだからな。

似たようなもんだろ。

であれば、それを俺の力で癒やすか取り除くことさえできれば、彼女をもとの女神へと戻すことができるんじゃないのか？


——そう、俺が彼女を〝浄化〟するんだ。


でもあれだけ〝穢れ〟に塗れている以上、外側からじゃダメだ。

外傷をいくら治したところで病自体が治るわけじゃないからな。

「だったら！」

俺は覚悟を決め、翼を翻してジボガミさまのもとへと突撃する。

「ギギャアアアアアアアアアアアアアアアアアアアアアアアアアアアアアッッ!!」

当然、彼女は大口を開け、俺を吹き飛ばすべくエネルギーを集束させ始めていたのだが、

「——そのまま行けええええええええええええええええええええええええええええッッ!!」


——ごごうっ！

「ギギャガアアアアアアアアアアアアアアアアアアアアアアアアアアアッッ!?」

俺は炎を纏い、強引にジボガミさまの口内へと侵入したのだった。

そこは不思議な場所だった。

てっきり前に食われた飛竜のように、消化器というか、生物感が溢れている場所に辿り着くと思っていたからだ。

だがまったく違った。

ただ真っ暗で広大な空間が続いていたのである。

「……う、うぅ……」

「！」

外の振動も何も聞こえない静寂の中、ふいに聞こえた女性の声を頼りに、俺は歩みを進めていく。

すると、やがて全身を泥のようなもので拘束された一人の女性を発見した。

見た目二十代半ばくらいの母性的で美しい女性である。

なお、衣服の類は何も身につけておらず、その豊かな胸元はおろか、下の方まで色々と丸見えだった。

「って、何を考えてるんだ俺は!?」

いかんいかんとかぶりを振る。

ともあれ、泥は女性の足元から伸びているらしく、まるで彼女を磔にしているようだった。

恐らくは彼女がジボガミさまの本体であろう。

「あな、たは……?」

どうやらまだかろうじて意識があったらしい。

弱々しくだが、彼女は俺を見やって言った。

「俺の名はイグザといいます。あなたを助けに来ました」

「そう、でしたか……。ですがそれは無理、です……。私はもう、〝穢れ〟に冒されすぎて、しまった……」

「大丈夫。俺があなたを癒やします」

ぶしゅう～っ、と彼女に触れた瞬間、〝穢れ〟の影響か、俺の皮膚が焼けただれる。

だが今まで彼女が受けてきた痛みに比べれば、このくらいなんてことはない。

「やめて、ください……。このままでは、あなたが……」

悲痛な表情をするジボガミさまを安心させるため、俺はにこりと歯を見せて笑った。

「大丈夫です。だって俺は――〝不死身の男〟ですから」

――ぶしゅう～っ！

「な、何を……」

そうして俺は彼女のか細い身体を優しく抱き締める。

きっと彼女がこうして今も抵抗し続けていてくれたからこそ、ジボガミさまはこの大穴から動かず、オルグレンの町は耐えることができたのだろう。

本当に優しく、そして強い女神さまだと心から思う。

なら今度は俺たち人間が彼女に恩を返す番だ。

そしてそのための力が俺にはある。

触れた相手の傷を癒やし、体力すら回復させるスザクフォームの力。

無限に回復させることができるのであれば、〝穢れ〟を癒やして浄化させることだって絶対にできるはずだ。

――いいさ、全部俺が引き受けてやるよ。

ジボガミさまを呑み込んだ全(すべ)ての〝穢れ〟も、今まさに溢れ出しつつある新たな〝穢れ〟も、全部まとめて俺が癒やしきってやるッ！

だから――。

「――かかってこいやああああああああああああああああああああああああああッッ!!」

その瞬間、俺たちを目映い輝きが包み込んだのだった。

「う、ん～……」

「「──っ!?」」

なんとも心地のよい温もりの中、俺はふと意識を取り戻した。

真っ先に見えたのは、涙ぐむ見知った美女たちの顔。

そう、アルカとマグメルだ。

「ああ、よかった……。本当に……」

ゆっくりと上体を起こした俺を、アルカがぎゅっと抱き締めてくれる。

「イグザさま、本当にご無事で何よりです……」

「あ、うん……」

一体何が起こったのだろうか。

いまいち状況が理解できずにいた俺だったが、ふと右手に何か植物のような感触があることに気がつく。

「これは……」

そして俺は言葉を失った。

当然だろう。

何故なら俺たちは青々と生命力漲る草原のただ中にいたのだから。

え、ここどこ……？

俺が呆然と目を瞬いていると、ふいに横から声をかけられた。


「――目覚めたのですね、人の子よ」


「あなたは……」

そこにいたのは、真っ白なドレスに身を包み、金色に輝く杖を握りながら優しく微笑む一人の女性だった。

どこか神秘的な雰囲気を漂わせる柔和な顔立ちの美女である。

間違いない。

俺がジボガミさまの中で出会った女性だ。

「――っ!?」

その瞬間、俺ははっと全てのことを思い出し、急いで周囲を見渡す。

だがそこにはあの巨大なジボガミさまはおろか、魔物一匹の姿さえ存在していなかった。

「心配はいりません。あなたのおかげでこの一帯に広がっていた〝穢れ〟は全て浄化されました。ご覧ください。この地は今生命力に満ち溢れています」

「そう、ですか……」

よかったぁ……、と俺が一息吐いていると、アルカたちから怒声が上がった。

「馬鹿者！　何が〝よかった〟だ！　確かにお前は不死身だが、一歩間違えば精神を食い破られ、廃人と化していたかもしれんのだぞ⁉」

「そうです！　何故あんな無茶をされたのですか⁉」

「ご、ごめん……。でもあれしか彼女を救う方法がなかったから……」

「だとしてもあんな馬鹿な真似は二度とするな！　お前がいなくなったら私は……私は……っ」

「アルカ……」

声を震わせながら縋りついてきたアルカを優しく抱き止め、俺は彼女の頭を撫でながら言った。

「本当にごめん……。もう二度とあんなことはしないから許してくれ。マグメルもごめんな」

「いえ、わかってくだされればよいのです」

溢れかけていた涙を微笑み交じりに拭うマグメルの様子に、俺もふっと口元を和らげていると、ジボガミさまが恭しく頭を下げて言った。

「その点も含め、この度はご迷惑をおかけして本当に申し訳ありませんでした」

「あ、いえ、ジボガミさまもご無事で何よりです」

「ジボガミ……？　ああ、人々は私のことをそう呼んでいたのですね」

そこで言葉を区切ったジボガミさまは、仕切り直すように胸元に手を添えて言ったのだった。

「では改めまして。私は〝地〟と〝生命〟を司る神――テラ。以後お見知りおきを、人の子たちよ」

その夜、オルグレンの町はお祭りムードに包まれていた。

北の山から突如迫ってきた光を受けた後、付近の魔物たちは一斉に消滅――しかも今まで岩肌が剝き出しだった大地に草花が芽吹き始めたのだ。

これを祝わずして一体何を祝うというのか。

喜びに沸く住民たちを止めることはもはや叶わず、今まさに町を挙げての大宴が催されていたのである。

もちろん主役は俺……ではなく、この町の聖女として皆との親交が深かったマグメルと、城主のフレイルさまだ。

そりゃ今までずっと皆のために頑張ってきたのだから、真っ先に祝われる資格があるのはほかでもない彼女たちであろう。

そう思い、渋る彼女たちには悪いと思いつつも、今回はあえて主役の座を辞退させてもらったのである。

俺は別に皆からちやほやされたかったわけじゃないからな。

ただこうやって幸せそうにしている人たちの顔を見ていたかっただけなんだ。と。


「――むっ？　まだ人々の様子を窺っていたのか？」

湯浴みを終えたアルカが少々驚いたような表情でそう尋ねてくる。

彼女も俺同様、主役の権利を放棄し、先に宿へと戻ってきていたのだ。

「あ、うん。なんか皆凄く嬉しそうだからさ、思わず見入っちゃって」

「そうか」

すでに寝所用の衣服に身を包んでいるところを見る限り、どうやらこのまま休もうとしているらしい。

俺も湯浴みは終えているので、そろそろベッドに入ろうかと考えていると、アルカが俺の隣に並んで言った。

「皆、よい笑顔だな」

「うん」

　窓から見える人々の顔は、本当に心の底から喜んでいるようで、見ているこっちまで思わず笑顔になりそうなものであった。

「お前が守った皆の笑顔だ」

「いや、俺たち全員で守った皆の笑顔だよ」

「ふふ、そうだな。そのとおりだ」

　そうしてしばらく二人で窓の外を眺めていると、ふいにアルカがこう言ってきた。


「――なあ、もうそろそろよいのではないか？」


「えっ？」

　見ると、彼女の顔はどこか艶めかしく紅潮し、瞳も潤んでいた。

「あ、アルカ？」

　俺が困惑しながら後退る中、アルカはカーテンをゆっくりと閉めて近づいてくる。

　そして。

「おっと!?」

アルカに身を預けられる形で、俺は彼女を抱き止める。

そして互いの鼓動だけが室内に大きく響き渡っているように感じられる中、アルカは言った。

「お前が奥手なのは知っている。どこか自分に自信がないこともな。だからこそマグメルの母性にやられてしまったのかもしれんが……まあそれはいい。きっと今までの人生の中で、何かそうならざるを得ないような出来事があったのだろう」

「……」

「だが今のお前はもう違うはずだ。ヒノカミさまに認められ、聖女である私を降し、さらには神にまで抗うほどに成長した。いや、神ですら成し得なかったことをお前はその身一つで成し遂げたのだ。そんなお前が恐れるものなど、もう何もありはしないよ」

「で、でも俺は……」

「わかっている。一線を越えることで互いに今の関係ではいられなくなってしまうのではないか――それが心配なのだろう?」

「……うん」

俺が素直に頷くと、アルカは優しく微笑して言った。

「ならば何も案ずることはない。たとえどんなことがあろうとも、私は必ずお前の側にいる。何せ、私はお前の〝嫁〟になる女だからな。そして恐らくはマグメルも同じ気持ちだろうさ。

でなければわざわざ私のいる前であのようにお前を誘惑したりなどはしない。まあお前の隙を突くあのやり方には正直やられたと思ったが……まさか寝ている間に自ら乳を吸わせてくるとはな……。一体あれのどこが貞淑な聖女だというのか……」

「あ、あれはその……」

お、俺の方が先に吸ったという可能性も……。

「まあ今さらあれをとやかく言うつもりはないのだが、私にもプライドというか、〝意地〟があってな。たとえ卑しい女だと思われたとしても、あの女を出し抜くには今しかないと思ったのだ」

「いや、出し抜くって……」

困惑する俺に、アルカは少々拗ねたように頬を膨らませて言った。

「だって、最近のお前はあいつとばかりいい雰囲気になっているではないか……」

「べ、別にそんなことは……」

「ある……。絶対にある……」

「え、えっと……」

「……」

ぷくぅ、と可愛らしく頬を膨らませたアルカに、俺もどうしたものかと頭を悩ませていたのだが、そんな俺の服をぎゅっと掴み、彼女はまるで我慢していたものを全て吐き出すかのように声を震わせて言った。

「……私の方が先にお前を好きになったのに、なのにお前はあいつとばかり親しくなっていく……。私はそれが凄く嫌だ……。こんなにもお前を愛しているのに、それを出会ったばかりのあの女が奪っていくなんて、そんなの絶対に嫌だ……っ。だって私は……私はお前の……〝正妻〟なのだぞ……？」

「アルカ……」

ああ、そうか……。

彼女が妾……つまりはマグメルの存在を許せたのは、自分が〝正妻〟であるという確固たる自信があったからだったのだ。

なのにそれを俺が誤魔化し続けたせいで揺らがせてしまった。

アルカはずっと俺のことだけを真剣に考えていてくれたのに、俺が優柔不断だったせいでこんなにも不安を抱かせてしまった。

今だって、彼女は身体が微妙に震えているのを必死に隠しながら、自分を〝卑しい〟と貶めてまで勇気を出してくれている。

本当はあんなことだって言うつもりはなかったはずだ。

でもそれを心に留めておけないほど、彼女は不安を募らせていたのである。

「……っ」

何、やってるんだよ俺は……っ。

自分に想いを寄せてくれている女の子が、こんなにも思い悩んでいたっていうのに、俺はまたその気持ちを蔑ろにするのか？

いいや、そんなことできるはずがない。

そんなクソみたいなこと――二度としてたまるかってんだ！

「あっ……」

だから俺は彼女の身体をぎゅっと抱き締めて言った。

「……不安にさせて本当にごめんな。もし許してくれるのなら、大分遅くなっちまったけど、正式に俺の嫁になってほしい。そしてこれからもずっと俺の側にいてくれ」

「……うん。……うん、わかった。私はずっと、ずっとお前の側にいる……。だから今夜はいっぱい私を愛してくれ……。私がいいと言うまで、お前の温もりで私を満たし続けてくれ……」

「ああ、もちろんだ」

涙交じりの笑顔を向けてくれたアルカと、俺ははじめてキスを交わしたのだった。

◇

「んっ……んちゅ……」

──ぎしっ。

互いを貪るかのように舌を絡ませ合いながら、俺は彼女をベッドへと押し倒す。

なんと言えばよいのだろうか。

とにかくアルカが欲しくてたまらないという思いが、俺の身体を突き動かしていたのだ。

そして恐らくは彼女も同じ気持ちだったのだろう。

だからこそ俺たちは激しいキスで互いを求め合っていたんだと思う。

「あっ……んっ……」

しばらくそうしていた後、俺は彼女の首筋へと唇を這わせる。

とても、いい匂いだった。

石鹸と思しきその香りがふんわりと鼻腔をくすぐる中、俺は流れに身を任せて彼女の胸へと手を伸ばす。

「んんっ⁉」

むにゅり、と俺の手がその豊かな丘に沈み、同時にアルカがこれまで聞いたことのないような嬌声を上げる。

いつも顔を埋めていたから柔らかいのは知っていたが、いざこうして触ってみると、アルカの胸は本当にどこまでも手が沈んでいきそうなくらい柔らかかった。

しかも。

「あ、ダメっ!?」

彼女の乳首はすでに硬く屹立しており、肌着越しでもその形状がわかるほどだったのだ。

「……っ」

ごくり、と思わず喉が鳴った。

「ごめん、もう我慢できない」

「えっ？　ちょ、おい、イグ……ああっ!?」

強引に肌着の紐を解いて乳房を露出させた俺は、そのまま彼女の乳首へとむしゃぶりつく。

その瞬間、ぎゅっとアルカが俺の頭を抱えてきて、俺もまた彼女の身体を強く抱き締めた。

「ん、あっ……や、ダメ……んんっ!?」

感情の赴くままアルカの乳首にむしゃぶりつき、同時に腰から臀部へと手を這わせアルカの尻を撫で回す。

張りのあるとても豊かなお尻だ。

「やっ……そんな強く……んっ……」

そのまま俺は彼女の生尻をがっしりと鷲掴み揉みしだく。

もちろん未だに乳首も堪能中ゆえ、感じているのか、アルカは先ほどからびくびくと反応し続けていた。

と。

「あっ!? や、そこは……んんっ!?」

アルカの身体が弓なりに反る。

そう、俺の手がついに彼女の秘所へと辿り着いたからだ。

ぐちゅり、と淫靡な水音を響かせるアルカのそこは、すでにシーツにシミを作るほど潤っており、いつでも俺を迎え入れる準備はできているようだった。

「あ、ん……はぁ……ま、待って……そんなにされたら……あっ!?」

きゅっとアルカが太ももを閉じてくる。

だがまだだ。

もっと彼女を気持ちよくさせてあげたい。

そんな気持ちが俺を突き動かし、乳首から口を離した俺は、体勢を変え、狙いを彼女の下半身へと向ける。

そして強引に両膝を広げ、

「だ、ダメ、そこは汚いから……ああっ!?」

そのまま彼女の下腹部へと問答無用で顔を埋めた。

「や、ダメぇ……」

途端にむわっと情欲を掻き立てる香りが鼻腔に届き、俺はすっかり濡れそぼっていたアルカの秘所へと舌を這わせる。

「んんっ!?　あ、はあっ!?　ん、あっ……」

彼女のしょっぱくも甘い蜜（みつ）が口内へと広がる中、ふいにもぞもぞとアルカが俺のズボンに手をかけてくる。

言わずもがな、俺の下腹部はすでに痛いほど充血しており、それを下着から取り出したアルカは一言、「凄い……」と目を見張っているようだった。

と、次の瞬間。

「……はむっ」

「――っ!?」

突如下腹部に走った生温かい快感に、俺は思わず腰が砕（くだ）けそうになる。

どうやら俺と同様に、アルカも口内で俺を愛してくれているらしい。

「んちゅっ……れろ……ちゅっ」

たどたどしくも優しい愛撫（あいぶ）だった。

「〜〜っ!?」

だがこの快感はちょっとまずい。

というか、かなりまずい。

気を抜いたら普通に達してしまいそうだ。

「あっ……」

ゆえに俺は体勢を変え、再びアルカと向き合う。

彼女は熱っぽい顔で俺を見つめており、己が一物の先端を秘所へと宛がった俺の首元へと、その両腕を絡めてきてくれた。

「……行くぞ、アルカ」

「ああ、来てくれ……んんっ!?」

その瞬間――俺たちは一つになった。

それから、俺たちは本能の赴くままに互いを求め合った。
最初は少々痛がっていた様子のアルカだったが、俺の治癒力が働いたのか、途中からは完全に快楽だけを感じるようになったようで、ならばと俺も全力で彼女を愛し続けた。
体力が無尽蔵になった俺は精力も無尽蔵になったらしく、果てては充血を繰り返し、何度もアルカの中に己が精を注ぎ込み続けた。
前から彼女を愛し、後ろから彼女を愛し、そして今は下から彼女を愛している最中だった。

「あっ、あっ、や、凄っ……あっ、奥まで届いて……んっ、あぁっ……」

アルカが激しく腰を上下に動かす度に、その豊かな胸もまた別の生き物のように跳ね回る。

それはまるで舞っているかのようで、月明かりに照らされた彼女の白い身体は、本当に彫像のように綺麗だった。

「や、んっ、あっ……」

ぷちゅり、と結合部から溢れる蜜の音が淫靡に響く中、恥ずかしそうに悶えるその表情も凄く可愛くて、とにかく全てが愛おしくてたまらなかった。

だからだろうか。

「アルカ……っ」

そんなアルカがもっと欲しいと、彼女の全てを俺だけのものにしたいと、そういう欲求が身体の奥底から止め処なく溢れてきて——俺の中で変化が起きた。

「……えっ？　あっ、これダメっ……イ、ク……あ、ああああああああああああああああああああああああああっ!?」

それはアルカを瞬く間に絶頂に導くほど凄まじい変化だったのである。

『スキル——《月読》：情交の際、どんな異性でも虜にできる絶対的夜の王。相手に合わせて性器の形状並びに大きさが最適化する』

そう、アルカを満足させてあげたい、俺だけのものにしたいという強い思いが、俺に新たなるスキルを習得させたのだ。

「おっと」

ぼふっと糸の切れた人形のように倒れ込んできたアルカを、俺は優しく抱き止めてやる。

どうやらよほど激しく達したようだった。

「はあ、はあ、はあ……」

「大丈夫か？」

「……うん。なんか、凄く気持ちよかった……」

肩で大きく息をしつつも、うっとりとしたような口調でアルカが俺の首に腕を回し、すりすりと甘えてくる。

「そっか。それはよかった」

なので俺もぎゅっと彼女を抱き締め、互いの温もりを感じ合う。

しばらくそうしていると、ふいにアルカがふふっと笑って言った。

「あながちあいつの言っていたことも間違いではなかったな……。確かに今の私は色情に狂い、男に溺れた醜い女だ……」

「そんなことはないよ。君はとても綺麗だ。それに凄く可愛い」

「……馬鹿。そんなことを言われたらまたしてほしくなるだろう……？」

そう恥ずかしそうに潤んだ瞳を向けてくるアルカに、俺は「大丈夫」と頷いて言った。

「最初からそのつもりだったからな」

「……知ってる。だってお前のここは、私の中でずっと熱くて硬いままだから……んっ、ちゅっ……好き……」

――ぎしっ。

言い終える前に唇を交わし、俺たちは再び深く愛し合い始めたのだった。

《聖女パーティー》エルマ視点8：ぽ、ポルコおおおおおおおおおおっ!?

教会の鐘の音が高らかに鳴り響き、人々の祝福する声がそこかしこから投げかけられる中、あたしは純白のドレスに身を包み、ブーケを両手で握っていた。

そう、今日は婚礼の日。

ついにあたしは愛する人と結ばれるのである。

実に、実に長い旅路であった。

かの有名なドラゴンスレイヤーにヒノカミさまの御使い、その他諸々の猛者たちを従えた強力なパーティーであたしは世界中を巡り、聖女として人々を救い続けた。

当然、人々はあたしを称賛し、様々な貢ぎ物を差し出してきた。

と同時に、是非可憐なあたしを将来の伴侶にしたいと、男たちはあたしを巡って争いを繰り広げた。

もちろんあたしは言った。

——あたしのために争わないで！　と。


だが男たちにとってあたしは女神のような存在——そう簡単に諦(あきら)められるはずもない。

ゆえにあたしは男たちにある試練を言い渡した。

もし聖剣と同じ伝説の金属——〝ヒヒイロカネ〟製の指輪を用意できる者がいるならば、あたしはその人のものになると。

ヒヒイロカネが現在では生成できないことを知っての難題だった。

それほど真剣にあたしを求めてほしかったのである。

男たちは駆けた。

駆けて、
駆けて、

そうして——やがて一人の男が戻ってきた。
彼の手に握られていたのは緋色(ひいろ)の指輪。
間違いない——ヒヒイロカネである。
そうまでしてあたしのことを思ってくれる人がいたことに、あたしは甚(いた)く感動した。

だからあたしはこの人と結婚することにしたのである。

「エルマ……」

「ポルコ……」

この――ポルコと。

「って、うわああああああああああああああああああああっっ!?」

ががらごしゃーん、とベッドから転げ落ち、あたしは血の気が引く思いで呼吸を整える。

ど、どえらい夢を見てしまった……。

なんでよりにもよってあたしがポルコなんかと……。

ま、まさか一緒に旅をしているうちに恋を……っ!?

って、いやいやいやいやいや!?

そんなこと死んでもあるわけないいじゃない!?

あんな汗臭い豚と結婚するくらいなら、馬鹿イグザの嫁になった方が100億万倍マシだってーの!?

「はあ、はあ……」

でもなんでいきなりあんな夢を見たのだろうか。

今は別に結婚したいなんて願望もないし、そんな相手も近くにいないはずなのだが……。

となると、やはりポルコの印象が強すぎるのが原因であろう。

あの豚が日々あたしをいやらしい目で見続けているせいで、こっちも無意識のうちに反応してしまっているのだ。

「……はあ」

あーやだやだ。

次はいい夢を見たいものである。

そう思い、あたしは再び布団を被り直す。

が。


――どばんっ！


「大丈夫ですか聖女さまあああああああああっっ!?」

「ぎゃあああああああああああああああっっ!?」

ノックしなさいよこの豚ああああああああああああっっ!?

25章　初夜明けはやっぱり波乱でした

翌朝。

俺はカーテンの隙間から差し込んでくる朝日に目を眇めつつ、実にすっきりとした気持ちで起床しようとしていたのだが、

「――おはようございます、イグザさま」

「ああ、おはよう……って、うおおっ!?　マグメル!?」

突如マグメルに声をかけられ、びっくりする。

だが真に衝撃を受けていたのは彼女の方だったらしく、マグメルは額に青筋を浮かべながら目の笑っていない笑顔で言った。

「それで、昨日は随分とお楽しみだったご様子ですね？」

「え、いや、これはその……」

何か言わなければならないのはわかっているのだが、この状況では何を言ったところでやぶ蛇にしかならないだろう。

だって未だに俺たちは全裸の上、アルカが胸元に抱きついてる状態だしね……。

しかもベッド脇には脱ぎ散らかされた服まであるし……。

どう見ても事後です、はい……。

「なるほど。わざわざ英雄の権利を放棄してまで休養を申し出たのは、このためだったというわけですか」

「い、いや、違うんだ。あれは本当に二人の方が称賛されるに値すると思ったからであって、別にこのために言ったわけじゃ……」

「でもしましたよね？　それも朝までがっつりと」

「そ、それはまあ……はい。致させていただきました……。で、でもなんでそんなことまで知って……」

「うふふ。実は私、昨夜は途中でイグザさまのご様子を窺いに来たんですよ？　そしたらまあ扉越しにも聞こえてくるじゃありませんか。いつもは男勝りなアルカディアさまのあんあん喘ぐ甲高い声が」

「そ、そうだったんだー……」

すっと視線を逸らす俺に、マグメルがじとーっと顔を近づけてくる。

き、気まずい……。

そしてお顔が近い……。

でもめっちゃいい匂いする……。

「まあアルカディアさまはイグザさまの信頼を最も得ている正妻さまですし、確かにその権利もおありでしょう。個人的にはあまり認めたくないのですが」

「あ、あはは……」

マグメルの視線に耐えかね、俺が空笑いを浮かべていると、彼女はアルカを冷たく見下ろして言った。

「それで、いつまで寝たふりをなさっているのですか？　その正妻さまは」

「なんだ、バレていたのか」

「！」

あ、本当に起きてたんだ。

「当然です。仮にも聖女のあなたが私の気配に気づかぬはずがないでしょう？」

「ふふ、そうだな。だがさすがに今は私も疲労困憊でな。できればそっとしておいてもらえると助かる」

そう言って、アルカが幸せそうな顔で身体を寄せてくる。

その瞬間、びきっとマグメルの笑顔が固まった気がした。

「へえ、そんなに激しく愛してくださったのですね、イグザさまは」

「うっ!?」

そして凄まじい威圧感を放つ視線をマグメルに向けられ、俺は堪らず萎縮する。

べ、別にそんな激しかったわけでは……。

ただほら、俺基本的に体力とか精力が無尽蔵なので、そういう点で言えば些かの激しさも致し方ないと言いますかなんと言いますか……ねえ?

しかもそれ専用のスキルにもちゃっかり目覚めちゃったみたいだし……。

「ああ、凄いなんてものではなかったぞ。まさか自分が女であることを再認識させられるとは思いもしなかったからな。おかげで今も腰が抜けたままだ。よほど〝相性〟がよかったらしい」

そう蠱惑的に笑うアルカに、マグメルの青筋がびきびきと音を立てて増えていく。

「うふふ、そうでしたか。ではもう十分でしょう。次は妾である私の番ですので、どうぞアルカディアさまはそこで死ぬまで寝ていてくださいませ！」

――ばさっ！

「きゃあっ!?」

強制的に布団を剝ぎ取られ、マグメルがぐいっと俺の腕を引っ張る。

なお、悲鳴を上げたのは俺である。

「ちょ、ちょっとマグメル!?」

そのまま強引に俺を連れ出そうとするマグメルだったが、当然正妻さまがそれを許すはずもなく……。

「おやおや、最近の妾は随分と強引だな」

——ぐいっ。

「あ、あの、ちぎれちゃう!?　ちぎれちゃうから!?」

そんな俺の直訴もむなしく、乙女たちのぶつかり合いは互いに激しさを増していった。

「大体、やり方が小ずるいんです！　私の手が離せない時にイグザさまを誘惑するだなんて！」

「お前に小ずるいうんぬんなどと言われる筋合いはない！　それに私を受け入れてくれたのはほかでもないイグザ本人だ！　お前も言っていただろう!?　こいつはいざという時には男らしくなれる者だと！」

「だったら私に対しても男らしくなってくださったっていいじゃないですか!?　あなたはもう十分に堪能したんですから!?」

「いいや、まだまだだ！　確かに足腰が立たんほどには堪能したが、だからこそ絶対に放すわけにはいかん！　むしろお前の方こそは～な～せぇ～！　イグザは私の男なのだぁ～！」

「ちょ、何をいきなり子どもみたいな駄々をこねているんですか!?　キャラが崩壊していますよ!?」

マグメルがそう突っ込みを入れると、アルカは途端に顔を赤らめ、恥ずかしそうに目線を逸らして言った。

「だ、だって仕方ないだろう？　その、抱かれたら余計好きになっちゃったんだから……」

あ、可愛い……。

――じろっ。

「ひいっ!?」

「何を普通に見惚れているんですか？　イグザさま（ごごごごごっ）」

「い、いや、なんか可愛いなぁと思って……あはは」

「お、おい、そんな〝可愛い〟だなんて照れるだろう……？　もう……」

「おん？」

……おん？

今マグメルさん〝おん？〟って言わなかった？

しかも結構ドスの利いた声で……。

「と、とにかく！　今夜は私の番ですので、アルカディアさま以上にがっつりよろしくお願いしますね？　わかりましたか？　イグザさま」

「は、はい……」

語気強めに念押ししてくるマグメルに、俺はこれから大変なことになりそうだと一人冷や汗を流し続けていたのだった。

26章 〝勇者〟と呼ばれし者

朝からそんなハプニングがありつつも、食事を済ませた俺たちは、再びジボガミさまことテラさまのもとを訪れていた。

昨日は先にオルグレンの民を安心させてあげてほしいと、テラさまの方から促(うなが)してくれたため、重要な話は今日に持ち越されることになったのだ。

というわけで、昨日と同じ大穴跡の高原へと赴(おもむ)いたはずの俺たちだったのだが、あまりの様相の変化に目を疑ってしまった。

なんと昨日まではただ広大な草原が広がっていただけだったのだが、樹齢何百年……いや、何千年かというような大樹が雄々(おお)しく根づいていたのである。

「――ようこそおいでくださいました、人の子らよ」

そしてその根元でテラさまは俺たちを待っていてくれた。

相変わらず柔和な微笑みを湛えながら、彼女は悠然とそこに佇んでいたのだ。

「あ、どうも」

「うむ、壮健そうで何よりだ」

「昨日はお心遣い本当にありがとうございました」

俺たちが各々挨拶を返すと、テラさまは「おや？」と何かに気づいたように言った。

「あなたからは昨日は感じなかったイグニフェルの力を感じます。どうやら愛する者と結ばれたようですね」

「えっ？」

そう言われ、アルカが驚いたような顔をする。

さすがは〝生命〟を司る神さま――俺たちが結ばれたことを一瞬で見抜いたらしい。

でもできればそういうデリケートなことはあまり見抜かないでいただけると……。

だって明日には高確率でマグメルにもそのイグニフェルなるお方の力が宿りそうだし……。

てか、たぶん〝イグニフェル〟ってヒノカミさまのことだと思うんだけど、これ力移ったりするんだ……。

俺がそんなことを考えているのが顔にでも出ていたのだろう。

テラさまは「心配いりません」と首を横に振って言った。

「あなたに宿ったイグニフェルの力は些細なもの。イグザのように不死を体現するようなものではありません。ですが恐らく老いは止まり、病に苦しむこともなくなるでしょう。愛する者同士、同じ時を歩むには十分な力です」

「……はいっ」

それを聞いたアルカの瞳から大粒の涙がこぼれ落ちる。

きっと心のどこかでは考えていたのだろう。

不死身の俺とそうではないアルカでは、いつか別れの時が来ると。

当然、俺だって考えていた。

彼女を正式な嫁として迎えようとしなかったのも、それが一つの大きな理由だったりする。

そんな悲しい思いを彼女にさせるくらいなら、よき仲間くらいの間柄でいようと。

俺たちはずっと一緒にはいられない。

だがそれでもアルカは俺とともに歩む覚悟を決めてくれた。

だったらその覚悟を俺が無下にすることなんてできるはずがないではないか。

なので――抱きました。

それも朝までがっつりと。

「よかったな、アルカ」

「うむ……っ。本当によかった……っ」

涙の止まらなくなってしまったアルカをぎゅっと抱き締めてやる。

そんな微笑ましい雰囲気の中、マグメルも瞳に浮かんでいた涙を拭って言った。

「では——これで心置きなく私を抱けますね」

……うん？

「おい、ちょっと待て。それとこれとは話が別だ」

そして復活するアルカ。

まだ涙目ではあるけれど、切り替え早いなー……。

今夜のお相手がどちらになるのかはさておき。
俺たちは改めて今回の一件やヒノカミさま……いや、イグニフェルさまについてのお話をテラさまに聞くことにした。
「お察しのとおり、あなたに力を与えたのは私と同じ神の一柱——〝イグニフェル〟です。彼女は〝火〟と〝再生〟を司る神でして、あなたの持つ《不死身》のスキルと相性がよかったのでしょう。どこか名前も似ていますしね」

ふふっとテラさまが嬉しそうに笑う。

しかしなんというか、笑顔の似合う可愛らしい女神さまである。

思わずこっちまで顔が緩んでしまいそうだ。

「おい」「もし」

「ひいっ!?」

俺が女子たちの嫉妬心にぷるぷるしている中、テラさまが話を続ける。

てか、今さらだけどヒノカミさまって女神さまだったんだな。

雄々しき火の神さまだっていうから、てっきり男だとばかり思っていたんだけど……。

「そしてこちらに見えるのが私の依り代となる生命の樹――〝世界樹〟。むしろ私そのものと言っても過言ではありません」

「世界樹……」

確かにその名に相応しいほど生命力に溢れた立派な大樹である。

「この世界樹が健在である限り、大地の〝穢れ〟は新たなる命となって浄化され続けることでしょう。しかし〝穢れ〟は以前にも増して増加を続けており、このままではいずれまた同じことが繰り返されてしまうかもしれません」

「そんな……。なんとかならないんですか?」

俺の問いに、テラさまは顔を曇らせながら首を横に振る。

「わかりません……。そもそも〝穢れ〟とは、命ある者の生み出す負のエネルギーのことです。通常であれば、神である私を呑み込むほどの〝穢れ〟が溜まることなどまずあり得ません。ゆえに恐らくは意図的にそれを生み出そうとしている者がいるはずです」

「なるほど。つまり我らにそいつを叩けと言いたいのだな？」

結論に持っていったアルカに、テラさまは申し訳なさそうな顔で頷いた。

「仰るとおりです。あなたたち〝聖女〟と呼ばれる者たちがこの時代に多く現れたのも、恐らくはその存在に対抗するため。そして彼女たちを束ね、導くことのできるあなたこそが、世界を救う使命をその身に帯びし者──すなわち〝勇者〟と呼ばれる存在なのだと私は思います」

「勇者……？」

「そう、救世の英雄にして最後の希望──勇者。それがあなたです、イグザ。ほかの神たちを捜し、その助力を仰ぎなさい。ただしここからさらに北の豪雪地帯にいる〝雷〟と〝破壊〟を司る神──〝フルガ〟にだけは用心するように。彼女はとても気性の荒い性格ですので」

「わかりました。じゃあまずはそのフルガさま以外の方々に会ってこようと思います」

「ええ、それがよろしいでしょう。微力ではありますが、私の力もあなたに託します。──さあ、お行きなさい、人の子らよ。そして世界に安寧をもたらすのです」

「「「はい！」」」

テラさまの言葉に、俺たちは揃って頷いたのだった。

27章　必ず妊娠させる力ってなんだ……。

そうしてオルグレンへと戻ってきた俺たちだったのだが、テラさまからいただいた力はイグニフェルさまのものとは少々毛色が違っていた。

あれは俺との相性が抜群によかったからスキルが進化したのであって、まず通常ではあり得ないという。

なのでテラさまからもらった力で《不死鳥》に変化はなかったのだが、

『スキル――《完全受胎》：任意のタイミングで必ず妊娠させることができる』

いや、なんなのこのスキルーっ⁉

そりゃほかにも土属性の技なんかを色々と習得したけど、一体これはなんなのだ……。

しかもサブスキルじゃなくてメインのスキルだし……。

もしこれが万が一にも派生したらどうなってしまうのだろうか……。

そんな杞憂を一人抱く俺だったのだが、

「なんと素晴らしいスキルだ……っ」

「こ、これはもう早々に使うしかありませんね！　ええ、今夜にでも！」

なんでめちゃくちゃ喜んでるんだろう、この人たち……。

「いや、そりゃ将来的にはそういうことも考えていこうとは思ってるけど、俺たちにはまだやるべきことがあるだろ……」

「え、ええ、もちろんわかっていますよ？　ただ……」

ちらり、とマグメルがアルカを一瞥する。

「なるほど、そういうことか」

どうやらアルカにはマグメルの意図が読めたらしい。

彼女は不敵に笑って言った。

「よくある話だ。なかなか子のできない正妻よりも先に世継ぎを生した〝妾の下克上〟というやつだ」

「えぇ……」

妾の下克上って……。

そりゃ確かにそんな話も聞くけど……。

「し、仕方ないじゃないですか!?　口惜しくも現状私の立ち位置は妾止まりなのです！　ですが私だってイグザさまの一番になりたい！　であればこそ、正妻の座で高みの見物をしているアルカディアさまを叩き落とすためには、彼女よりも先に子を生すしかないのです！」

「いや、叩き落とすって……」

「やれやれ、まったく困った妾だ。愛する我が子を自分が成り上がるための道具として扱おうとするとはな」

　そう肩を竦めるアルカに、マグメルはぷいっとそっぽを向いて言った。

「なんとでも仰ってくださいまし！　でもそう仰られるのでしたら、私が先に子を生しても文句はないということですよね？」

「いや、それはダメだ」

　ダメなのかよ。

「確かに私に子ができづらいというのであればそれも致し方あるまい。正妻の座を譲る気はないが理解はしよう」

　だが！　とアルカは尊大にその豊かな胸を張って告げた。

「〝必ず妊娠できる〟となれば話は別だ！　むしろそのスキルをテラさまからいただいた時点で私の正妻としての座は盤石のものとなったと言えよう！」

「な、なんですって……!?」

「何故なら私は〝正妻〟！　よって私の許可なく妾が子を作るなど言語道断！　それこそが正

妻の権限だと知れ！」

「そ、そんなの横暴です!?　イグザさまもどうしてこんな方を正妻に選んだのですか!?」

「い、いや、そう言われても……」

出会った時期が早かったからとしか……。

「ぐっ、わかりました！　あなたがそういう手に出るのでしたら、私にも考えがあります！」

「「？」」

揃って小首を傾げる俺たち（というより、むしろアルカ）に対し、マグメルはびしっと人差し指を突きつけてこう言ったのだった。

「絶対に私の方が先に子を生して、あなたから正妻の座を奪って差し上げますわ！」

「クックックッ、いいだろう。つまりは女として先にイグザをその気にさせた方が勝ちというわけだな？　その勝負受けて立ってやる！」

「……」

いや、その気にさせてくれるのは嬉しいんだけど、それはちゃんとこの旅が終わったあとにしようね？

◇

「……それでは、どうぞよろしくお願いいたします……」

「う、うん……」

その夜。

俺とマグメルはベッド上で互いに下着姿かつ正座をしたまま向かい合っていた。

そう、マグメルの要望通り、俺は彼女を抱くことにしたのである。

一応彼女も妾というか、ともに人生を歩んでいこうと決めた女性だ。

である以上、正妻のアルカと同じ扱いをするべきだと考えたのである。

もちろんアルカからの抗議はあったが、マグメル以上に愛を注いで抱くことと、《完全受胎》を使って避妊することを条件にお許しをもらった。

俺としては分け隔てなく愛していきたいと考えているのだが、どうやらそれでは満足してくれないらしい。

まあ、そりゃそうだよな……。

なのでなんとか二人が納得してくれるよう頑張って努力していこうと思う……。

問題は納得してくれるかどうかが非常に怪しいというところなのだが……。

――すっ。

ながら言った。

「あの、一つだけお願いがあります……」

「お、お願い？」

「はい……。私(わたくし)を、アルカディアさまよりも激しく抱いてほしいのです……」

「ええっ!?」

いや、確かに今朝も似たようなことを言ってたけど……。

「で、でもあのアルカでさえ足腰が立たなくなるほどだったわけだし、それはやめておいた方がいいんじゃ……」

「いいえ……。私はその、ご存じのとおりそうされる方が好みと言いますか……。見てください……。あなたさまに見られているだけで、もうこんなにもはしたないことになっているんです……」

「……っ」

ごくり、と堪(たま)らず俺の喉(のど)が鳴る。


「え、ちょっ!?」

ともあれ、俺がこの気まずい状況の中、一体どうやって始めようかと考えていると、ふいにマグメルがこちらに向けてお尻(しり)を上げ、相変わらず透け透けのセクシーなショーツを見せつけ

見れば、秘所から溢れ出たのであろう蜜がショーツの布地を通り越し、その白い腿までとろりと垂れ落ちてきていた。

「凄いでしょう……？　今すぐにでもあなたさまを受け入れる準備ができているんです……。だから前戯はいりません……。このまま私を、激しく犯してください……」

「……本当に、いいんだな？」

「……はい」

こくり、とマグメルが静かに頷いたことを確認した俺は、すでに充血しきっていた己が一物を下着から取り出す。

「ああ……凄い……」

その様子にマグメルがうっとりとしたような表情を見せる中、俺は防波堤の役割をすっかり忘れてしまっていた彼女のショーツを横にずらし、己が一物を秘所へと宛がう。

そして。

「……んっ、あああああああああああああああああああああああああああああああっっ!?」

彼女の望み通り、俺はそれを一気に突き入れたのだった。

◇

「ああっ、いいっ……もっとぉ、もっと激しく突いてぇ！」

その豊満な乳房を前後に大きく揺らしながら、蕩けきった顔でマグメルが喘ぐ。

今まで抑圧されていたものが一気に解放されたのか、マグメルはとにかく乱れに乱れた。

それは彼女の純潔を奪った瞬間からすでに始まっており、一突きでそのまま絶頂を迎えたほどだったのだ。

恐らくは〝妾〟という負い目ゆえ、アルカよりも多く愛を注いでほしかったのだろう。

その期待が元々ドMだった彼女の性癖と相まって身体を敏感にさせた上、俺の〝夜の王〟スキルが加わったことで、それはもうめくるめく快楽の海に溺れてしまったのだ。

「あっ、凄いっ……そこっ……気持ちいいっ」

「……っ」

だがそれは俺も同じだった。

確かにアルカを抱いた時は、彼女が愛おしくてたまらず、とにかく彼女を俺だけのものにしたくてたまらなかった。

普段が男勝りな分、〝女〟を見せた時の恥じらう姿がもの凄く可愛いかったからだ。

「あっ、あっ、いいっ」

でもなんというのだろうか。

「おっぱいも、おっぱいも揉んでぇ……あっ、はあんっ」

そう、いやらしいのだ。

「あっ、またおっぱい出ちゃうっ……ん、ああっ!?」

凄(すさ)まじく、いやらしいのである。

「マグ、メル……っ」

「あっ、あっ、好きぃ……んっ、あっ、イグザさまぁ……んちゅ……あっ」

恐らくは体質であろう母乳を撒(ま)き散らし、秘所から溢れた蜜でシーツを濡(ぬ)らしていくマグメルの艶姿(あですがた)が、とんでもなく俺の情欲を掻(か)き立てていたのだ。

征服欲、というやつなのであろうか。

とくに後ろからされるのを好むマグメルが、恥じらいを捨てて乱れる様(さま)を見ていると、もっと激しく乱れさせてやりたいという欲求が止(と)め処(ど)なく溢れてくるのである。

「あっ、ダメ!?　またイっちゃう!?　あ、あああああああああああああああああああああああああああああああっ!?」

だから俺はとにかく彼女を激しく抱いた。

アルカよりも激しく抱いてほしいという彼女の願いに応(こた)えるべく、それはもう本能の赴(おもむ)くままにすげえ頑張ったのである。

――くたり。

「お、おい、マグメル？　だ、大丈夫か？」

「ふにゅ〜……」

やっぱりちょっと激しすぎたんでしょうなぁ……。

あまりにも強烈な絶頂を何度も迎えたせいか、マグメルは途中で意識を失ってしまったのだった。

ま、まあ鍛えているアルカでさえ腰を抜かすくらいだからな……。

俺もなんか大分その気になっちゃってたし、ちょっと反省しないと……。

ただ満足はしてくれてると思うので、このまま寝かせてあげようと思う。

なんかめちゃくちゃ幸せそうな顔をしてるしな。

「……ふう」

とりあえず濡れたシーツの上にタオルを敷き、その上に彼女を寝かせる。

そうして俺もマグメルの隣で寝ようとしたのだが、

「――やれやれ、軟弱な聖女だ」

「うおっ!?」

いつの間にやらアルカが室内で腕を組んでおり、俺はびくりと肩を震わせる。

マグメルの方にばかり気を取られていたせいか、まったく気配に気づかなかった。

もしかして浮気ってこうやってバレるんだろうか……、と浮気ではないのにそんな心配をしていると、アルカが小さく嘆息しつつ、こちらに近づきながら言った。

「まったく、ドMなのは知っていたが、この淫乱聖女は一体どの口で私を罵っていたのだろうな」

「いや、淫乱聖女って……。というか、君もしかしてずっと聞いていたのか？」

「……知らない」

すっと赤い顔でアルカが視線を逸らす。

完全にクロである。

俺がじーっと半眼を向けていると、ついに観念したのか、アルカは全てを白状するかのように声を張り上げて言った。

「し、仕方ないだろう!?　一応許可したとはいえ、やはり気になって仕方がなかったのだ!?　だから少しだけ聞き耳を立ててみたら、なんか凄くいやらしい声が聞こえて……その……」

もじもじと恥ずかしそうに身体を捩るアルカは、どうやら俺たちの熱気にすっかりあてられてしまっていたようだった。

これは、解消してあげないとダメなやつだよな……。

幸い、このベッドはキングサイズだし、マグメルもあんな状態なので、まあなんとかなると言えばなるんだけど……。

「……来るか？」

「……うん」

そうして、その後はまたもや朝まで彼女と愛し合うことになってしまったわけだが、気のせいか、今日のアルカは昨日よりも少々乱れ気味だったように思えた。

たぶんマグメルとの行為を目の当たりにし、何か危機感というか、彼女なりに焦りのようなものを感じたのだろう。

ともあれ、翌朝目を覚ましたマグメルは、当然俺を挟んだ向こう側に全裸のアルカがいることにえらく驚いていたのだが、一連の行為が失神するほど激しかっただけに、きちんと満足はしてくれていたみたいで、そこまで大きな問題にはならなかった。

むしろ二人とも上機嫌で、まあ結果的には色々と上手くいった。

とにかくこれでマグメルにもイグニフェルさまの力が宿ったと思うので、アルカともども末永く幸せに暮らしていけたらと思う。

と言っても、俺たちはこれから救世の英雄――〝勇者〟パーティーとして色々と頑張っていかなきゃいけないんだけどな……。

まあでも、彼女たちとならなんとかなるだろ。

《聖女パーティー》エルマ視点9：いや、〝ララ〟って死んでるじゃない!?

港町ファミーラで〝槍〟の聖女を倒したという炎使いの話を聞いたあたしは、それが件のヒノカミさまの御使いだと確信していた。

何せ、御使いが向かったというレオリニアで行われたのが、その〝武神祭〟とかいう闘技大会だったからだ。

マルグリドの巫女――カヤの話だと、御使いはレオリニアへさらなる研鑽を積むべく向かったという。

当然、〝武術都市〟と名高いらしいレオリニアに向かった理由など一つしかない。

――そう、武神祭で優勝するためである。

そこでたまたま〝槍〟の聖女とぶつかったのだろう。

聖女を倒すほどの技量を持つとは、さすがは神の御使いである。

確か名前は……〝ラフラ〟、といったか。

旅人たちの話はどうにも的を射ない感じで、やれ〝槍〟の聖女が凄い美人だっただの、胸が跳ねて最高だっただのとくだらないことばかりだったが、相手の方に〝ラフラ〟という名前があったことだけは聞き出すことができた。

っていうか、あの男絶対あたしの胸と見比べて言ってたわよね!?

なんなの!?

あたしの胸が貧相だって言いたいわけ!?

これはまだ成長途中なのよ!?

まったく、そのくらい察しなさいよね!?

あたしがあの時のことを思い出してぷんすこと苛立ちを覚えていた時のことだ。

「――お、見えましたぞ。あれが武術都市レオリニアです」

豚男……もといポルコが街道の先を指差しながらそう言った。

ふっふっふっ、待ってなさい、ヒノカミさまの御使い――ラフラ！

この聖女エルマさまが直々にあんたをスカウトしに来てやったわよ！

が。

◇

「——え、ララフラなら一年前に死にましたぞ？」

……はっ？

はああああああああああああああああああああっっ!?

え、ちょ、意味わかんないんですけどーっ!?

比喩（ひゆ）抜きで両目が飛び出しそうになるあたしだったが、そこは聖女の意地——努めて冷静に問いかける。

「で、ですが今年の武神祭（アラストル）ではララフラなるお方が優勝されたと……」

「ああ、そりゃたぶん〝ララフラの店の武器を使った冒険者〟のことですな」

「ララフラの店の武器を使った冒険者……？」

なんなのよそれ紛（まぎ）らわしい!?

「ええ。武神祭はこの町に多くある武具店のためのお祭りでして、優勝者の持つ武器を作った者こそが最高の武器職人として讃（たた）えられるのです。なので今年はララフラ武器店のレイアさんがその栄光を勝ち取られましたぞ」

「そ、そうなのですね……。貴重なお話をありがとうございました……」

そう頭を下げつつも、思わずめまいを覚えるあたし。

で、でも落ち着きなさい……落ち着くのよ、エルマ……。

確かにラフラは死んでたけど、御使いがそこの武器を使っていたのはわかったわ。

ならそのラフラ武器店だかに行けば、何かしらの情報が得られるはず。

そう考えたあたしだったのだが、

「——はい、それはたぶんイグザさんのことですね！」

「……はっ？」

イグ、ザ……？

予想だにしていなかった名前が飛び出し、あたしは一人呆然(ぼうぜん)と立ち尽くしていたのだった。

あとがき

はじめまして、くさもちと申します。

そして本作をお手に取ってくださって本当にありがとうございます。

この作品は〝小説家になろう〟さまと〝カクヨム〟さまにて掲載されていたものでして、光栄にも〝集英社WEB小説大賞〟さまで銀賞を頂戴することになりました。

もちろん書籍化にあたり、WEB版では難しかったサービスシーンの追加なども含め、大幅な加筆修正を行いましたので、WEB版をご愛読してくださっていた皆さまも、はじめて本作を知ることになった皆さまも、どちらも大いに楽しめる一作となっております。

とくにマッパニナッタさまが描いてくださったイラストが本当に素晴らしいので、是非それと、行数も残り僅かになってしまいましたので、謝辞の方に移らせていただきますね。

らも併せて楽しんでいただけたら幸いです。口絵などは永久保存でもいいレベルですので。

イラストレーターのマッパニナッタさま、最高のイラストを本当にありがとうございました。

担当編集さま並びに本作の刊行に携わってくださいました全ての皆さま。

そして何よりこのあとがきを読んでくださっている読者さまに心よりのお礼を申し上げます。

本当にありがとうございました。今後とも応援のほど、どうぞよろしくお願いいたします。

くさもち

ダッシュエックス文庫

パワハラ聖女の幼馴染みと絶縁したら、何もかもが上手くいくようになって最強の冒険者になった
～ついでに優しくて可愛い嫁もたくさん出来た～

くさもち

2021年1月30日　第1刷発行
2021年9月19日　第2刷発行

★定価はカバーに表示してあります

発行者　北畠輝幸
発行所　株式会社　集英社
〒101-8050　東京都千代田区一ツ橋2-5-10
03(3230)6229(編集)
03(3230)6393(販売／書店専用) 03(3230)6080(読者係)
印刷所　図書印刷株式会社
編集協力　法貴仁敬(RCE)

ISBN978-4-08-631398-8 C0193